絕對合格！新制日檢

情境分類 必勝單字

見て！聞いて！すぐ分かる！
分野別で覚えやすい！N3単語辞典

N3

吉松由美、田中陽子
西村惠子、千田晴夫
山田社日檢題庫小組

山田社

前言

以 **情境分類**，單字速記 **NO.1**！

新制日檢考試重視「活用在交流上」
在什麼場合，如何用詞造句？
本書配合 N3 要求，場景包羅廣泛，
這個場合，都是這麼說，
從「單字→單字成句→情境串連」式學習，
打好「聽說讀寫」總和能力基礎，
結果令人驚嘆，
史上最聰明的學習法！讓您快速取證、提升國際競爭力、搶百萬年薪！

日語初學者除了文法，最重要的就是增加自己的單字量。如果文法是骨架，單字就是肌肉，本書精心將 N3 考試會用到的單字，分類到您一看就懂的日常生活中常見的場景，幫助您快速提升單字肌肉量，提升您的日語力！

史上最強的新日檢 N3 單字集《絕對合格！新制日檢 必勝 N3 情境分類單字》，首先以情境分類，串連相關單字。而單字是根據日本國際交流基金（JAPAN FOUNDATION）舊制考試基準及新發表的「新日本語能力試驗相關概要」，加以編寫彙整而成的。除此之外，本書精心分析從 2010 年開始的新日檢考試內容，增加了過去未收錄的 N3 程度常用單字，加以調整了單字的程度，可說是內容最紮實的 N3 單字書。

無論是累積應考實力，或是考前迅速總複習，都能讓您考場上如虎添翼，金腦發威。精心編制過的內容，讓單字不再會是您的死穴，而是您得高分的最佳利器！

「背單字總是背了後面忘了前面！」「背得好好的單字，一上考場大腦就當機！」「背了單字，但一碰到日本人腦筋只剩一片空白鬧詞窮。」「單字只能硬背好無聊，每次一開始衝勁十足，後面卻完全無力。」「我很貪心，我想要有主題分類、方便又好查的單字書。」這些都是讀者的真實心聲！

您的心聲我們聽到了。本書的單字採用情境式主題分類，還有搭配金牌教師編著的實用例句，相信能讓您甩開對單字的陰霾，輕鬆啟動記憶單字的按鈕，提升學習興趣及成效！

▼ 內容包括：

1. **分類王**─本書採用**情境式學習法**，由淺入深將單字分類成：時間、住房、衣服…動植物、氣象、機關單位…通訊、體育運動、藝術…經濟、政治、法律…心理、感情、思考等，不僅能一次把相關單字整串背起來，還方便運用在日常生活中，再搭配金牌教師編寫的實用短例句，讓您在腦內產生對單字的印象，應考時就能在瞬間理解單字，包您一目十行，絕對合格！

情境單元
抓大方向

細分小項，
學習更容易

2. **單字王**─高出題率單字全面強化記憶：根據新制規格，由日籍金牌教師群所精選高出題率單字。**每個單字所包含的詞性、意義、用法等等**，讓您精確瞭解單字各層面的字義，活用的領域更加廣泛，幫您全面強化學習記憶，分數更上一層樓。

高出題率單字

必背單字詞性

詳細單字解釋

08｜タイプ【type】

（名・他サ）型，形式，類型；典型，榜樣，樣本，標本；(印)鉛字，活字；打字(機)

例 このタイプの服にする。

譯 決定穿這種樣式的服裝。

3. 速攻王—掌握單字最準確：依照情境主題將單字分類串連，從「單字→單字成句→情境串連」式學習，幫助您快速將單字一串記下來，頭腦清晰再也不混淆。每一類別並以五十音順排列，方便您輕鬆找到您要的單字！中譯解釋的部份，去除冷門字義，並依照常用的解釋依序編寫而成。讓您在最短時間內，迅速掌握日語單字。

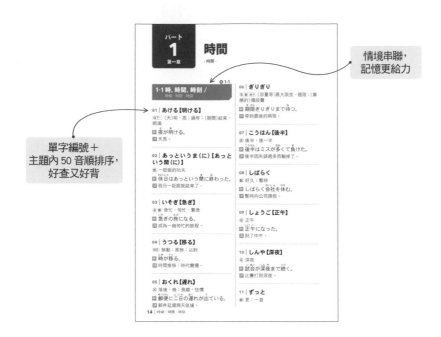

4. 例句王—活用單字的勝者學習法：要活用就需要「聽說讀寫」四種總和能力，怎麼活用呢？書中每個單字下面帶出一個例句，例句不僅配合情境，更精選該**單字常接續的詞彙、常使用的場合、常見的表現**，配合 N3 所需時事、職場、生活、旅遊等內容，貼近 N3 程度。從例句來記單字，加深了對單字的理解，對根據上下文選擇適切語彙的題型，更是大有幫助，同時也紮實了聽說讀寫的超強實力。

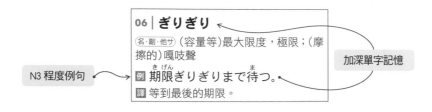

5. 聽力王——合格最短距離：新制日檢考試，把聽力的分數提高了，合格最短距離就是加強聽力學習。為此，書中還**附贈光碟，幫助您熟悉日籍教師的標準發音及語調，讓您累積聽力實力。**為打下堅實的基礎，建議您搭配《精修版 新制對應 絕對合格！日檢必背聽力 N3》來進一步加強練習。

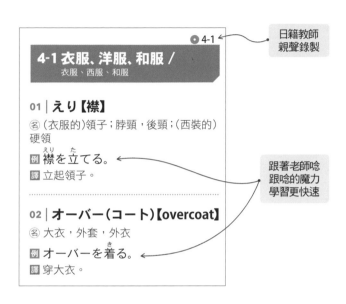

《絕對合格！新制日檢 必勝 N3 情境分類單字》本著利用「喝咖啡時間」，也能「倍增單字量」「提升日語實力」的意旨，附贈日語朗讀光碟，讓您不論是站在公車站牌前發呆，一個人喝咖啡，或等親朋好友，都能隨時隨地聽 MP3，無時無刻增進日語單字能力，讓您無論走到哪，都能學到哪！怎麼考，怎麼過！

目錄

詞性說明

詞性	定義	例（日文／中譯）
名詞	表示人事物、地點等名稱的詞。有活用。	門<ruby>もん</ruby>／大門
形容詞	詞尾是い。說明客觀事物的性質、狀態或主觀感情、感覺的詞。有活用。	細<ruby>ほそ</ruby>い／細小的
形容動詞	詞尾是だ。具有形容詞和動詞的雙重性質。有活用。	静<ruby>しず</ruby>かだ／安静的
動詞	表示人或事物的存在、動作、行為和作用的詞。	言<ruby>い</ruby>う／說
自動詞	表示的動作不直接涉及其他事物。只說明主語本身的動作、作用或狀態。	花<ruby>はな</ruby>が咲<ruby>さ</ruby>く／花開。
他動詞	表示的動作直接涉及其他事物。從動作的主體出發。	母<ruby>はは</ruby>が窓<ruby>まど</ruby>を開<ruby>あ</ruby>ける／母親打開窗戶。
五段活用	詞尾在ウ段或詞尾由「ア段＋る」組成的動詞。活用詞尾在「ア、イ、ウ、エ、オ」這五段上變化。	持<ruby>も</ruby>つ／拿
上一段活用	「イ段＋る」或詞尾由「イ段＋る」組成的動詞。活用詞尾在イ段上變化。	見<ruby>み</ruby>る／看 起<ruby>お</ruby>きる／起床
下一段活用	「エ段＋る」或詞尾由「エ段＋る」組成的動詞。活用詞尾在エ段上變化。	寝<ruby>ね</ruby>る／睡覺 見<ruby>み</ruby>せる／讓…看
下二段活用	詞尾在ウ段・エ段或詞尾由「ウ段・エ段＋る」組成的動詞。活用詞尾在ウ段到エ段這二段上變化。	得（う）る／得到 寝（ね）る／睡覺
變格活用	動詞的不規則變化。一般指カ行「来る」、サ行「する」兩種。	来<ruby>く</ruby>る／到來 する／做
カ行變格活用	只有「来る」。活用時只在カ行上變化。	来<ruby>く</ruby>る／到來
サ行變格活用	只有「する」。活用時只在サ行上變化。	する／做
連體詞	限定或修飾體言的詞。沒活用，無法當主詞。	どの／哪個
副詞	修飾用言的狀態和程度的詞。沒活用，無法當主詞。	余<ruby>あま</ruby>り／不太…

副助詞	接在體言或部分副詞、用言等之後，增添各種意義的助詞。	〜も ／也…
終助詞	接在句尾，表示說話者的感嘆、疑問、希望、主張等語氣。	か ／嗎
接續助詞	連接兩項陳述內容，表示前後兩項存在某種句法關係的詞。	ながら ／邊…邊…
接續詞	在段落、句子或詞彙之間，起承先啟後的作用。沒活用，無法當主詞。	しかし ／然而
接頭詞	詞的構成要素，不能單獨使用，只能接在其他詞的前面。	御_お〜 ／貴（表尊敬及美化）
接尾詞	詞的構成要素，不能單獨使用，只能接在其他詞的後面。	〜枚_{まい} ／…張（平面物品數量）
造語成份（新創詞語）	構成復合詞的詞彙。	一昨年_{いっさくねん} ／前年
漢語造語成份（和製漢語）	日本自創的詞彙，或跟中文意義有別的漢語詞彙。	風呂_{ふ ろ} ／澡盆
連語	由兩個以上的詞彙連在一起所構成，意思可以直接從字面上看出來。	赤い傘_{あか かさ} ／紅色雨傘 足を洗う_{あし あら} ／洗腳
慣用語	由兩個以上的詞彙因習慣用法而構成，意思無法直接從字面上看出來。常用來比喻。	足を洗う_{あし あら} ／脫離黑社會
感嘆詞	用於表達各種感情的詞。沒活用，無法當主詞。	ああ ／啊（表驚訝等）
寒暄語	一般生活上常用的應對短句、問候語。	お願いします_{ねが} ／麻煩…

其他略語

呈現	詞性	呈現	詞性
對	對義詞	近	文法部分的相近文法補充
類	類義詞	補	補充說明

新日本語能力試驗的考試內容

N3 題型分析

<table>
<tr><td rowspan="2" colspan="2">測驗科目
（測驗時間）</td><td colspan="4">試題內容</td></tr>
<tr><td colspan="2">題型</td><td>小題
題數
＊</td><td>分析</td></tr>
<tr><td rowspan="5">語言知識
（30分）</td><td rowspan="5">文字、語彙</td><td>1</td><td>漢字讀音 ◇</td><td>8</td><td>測驗漢字語彙的讀音。</td></tr>
<tr><td>2</td><td>假名漢字寫法 ◇</td><td>6</td><td>測驗平假名語彙的漢字寫法。</td></tr>
<tr><td>3</td><td>選擇文脈語彙 ○</td><td>11</td><td>測驗根據文脈選擇適切語彙。</td></tr>
<tr><td>4</td><td>替換類義詞 ○</td><td>5</td><td>測驗根據試題的語彙或說法，選擇類義詞或類義說法。</td></tr>
<tr><td>5</td><td>語彙用法 ○</td><td>5</td><td>測驗試題的語彙在文句裡的用法。</td></tr>
<tr><td rowspan="6">語言知識、讀解
（70分）</td><td rowspan="3">文法</td><td>1</td><td>文句的文法1
（文法形式判斷）○</td><td>13</td><td>測驗辨別哪種文法形式符合文句內容。</td></tr>
<tr><td>2</td><td>文句的文法2
（文句組構）◆</td><td>5</td><td>測驗是否能夠組織文法正確且文義通順的句子。</td></tr>
<tr><td>3</td><td>文章段落的文法 ◆</td><td>5</td><td>測驗辨別該文句有無符合文脈。</td></tr>
<tr><td rowspan="3">讀解
＊</td><td>4</td><td>理解內容
（短文）○</td><td>4</td><td>於讀完包含生活與工作等各種題材的撰寫說明文或指示文等，約150～200字左右的文章段落之後，測驗是否能夠理解其內容。</td></tr>
<tr><td>5</td><td>理解內容
（中文）○</td><td>6</td><td>於讀完包含撰寫的解說與散文等，約350字左右的文章段落之後，測驗是否能夠理解其關鍵詞或因果關係等等。</td></tr>
<tr><td>6</td><td>理解內容
（長文）○</td><td>4</td><td>於讀完解說、散文、信函等，約550字左右的文章段落之後，測驗是否能夠理解其概要或論述等等。</td></tr>
</table>

讀解 *	7	釐整資訊	◆	2	測驗是否能夠從廣告、傳單、提供各類訊息的雜誌、商業文書等資訊題材（600字左右）中，找出所需的訊息。
聽解 (40分)	1	理解問題	◇	6	於聽取完整的會話段落之後，測驗是否能夠理解其內容（於聽完解決問題所需的具體訊息之後，測驗是否能夠理解應當採取的下一個適切步驟）。
	2	理解重點	◇	6	於聽取完整的會話段落之後，測驗是否能夠理解其內容（依據剛才已聽過的提示，測驗是否能夠抓住應當聽取的重點）。
	3	理解概要	◇	3	於聽取完整的會話段落之後，測驗是否能夠理解其內容（測驗是否能夠從整段會話中理解說話者的用意與想法）。
	4	適切話語	◆	4	於一面看圖示，一面聽取情境說明時，測驗是否能夠選擇適切的話語。
	5	即時應答	◆	9	於聽完簡短的詢問之後，測驗是否能夠選擇適切的應答。

＊「小題題數」為每次測驗的約略題數，與實際測驗時的題數可能未盡相同。此外，亦有可能會變更小題題數。

＊有時在「讀解」科目中，同一段文章可能會有數道小題。

資料來源：《日本語能力試驗JLPT官方網站：分項成績‧合格判定‧合否結果通知》。2016年1月11日，取自：http://www.jlpt.jp/tw/guideline/results.html

必　　　勝

N3

情境分類單字

パート **1** 第一章

時間

- 時間 -

1-1 時、時間、時刻 /
時候、時間、時刻

01 | あける【明ける】

(自下一)（天）明，亮；過年；（期間）結束，期滿

例 夜が明ける。

譯 天亮。

02 | あっというま（に）【あっという間（に）】

(感) 一眨眼的功夫

例 休日はあっという間に終わった。

譯 假日一眨眼就結束了。

03 | いそぎ【急ぎ】

(名・副) 急忙，匆忙，緊急

例 急ぎの旅になる。

譯 成為一趟匆忙的旅程。

04 | うつる【移る】

(自五) 移動；推移；沾到

例 時が移る。

譯 時間推移；時代變遷。

05 | おくれ【遅れ】

(名) 落後，晚；畏縮，怯懦

例 郵便に二日の遅れが出ている。

譯 郵件延遲兩天送達。

06 | ぎりぎり

(名・副・他サ)（容量等）最大限度，極限；（摩擦的）嘎吱聲

例 期限ぎりぎりまで待つ。

譯 等到最後的期限。

07 | こうはん【後半】

(名) 後半，後一半

例 後半はミスが多くて負けた。

譯 後半因失誤過多而輸掉了。

08 | しばらく

(副) 好久；暫時

例 しばらく会社を休む。

譯 暫時向公司請假。

09 | しょうご【正午】

(名) 正午

例 正午になった。

譯 到了中午。

10 | しんや【深夜】

(名) 深夜

例 試合が深夜まで続く。

譯 比賽打到深夜。

11 | ずっと

(副) 更；一直

例 ずっと待っている。
譯 一直等待著。

12 | せいき【世紀】

名 世紀，百代；時代，年代；百年一現，絕世
例 世紀の大発見になる。
譯 成為世紀的大發現。

13 | ぜんはん【前半】

名 前半，前半部
例 前半の戦いが終わった。
譯 上半場比賽結束。

14 | そうちょう【早朝】

名 早晨，清晨
例 早朝に勉強する。
譯 在早晨讀書。

15 | たつ【経つ】

自五 經，過；(炭火等)燒盡
例 時間が経つのが早い。
譯 時間過得真快。

16 | ちこく【遅刻】

名・自サ 遲到，晚到
例 待ち合わせに遅刻する。
譯 約會遲到。

17 | てつや【徹夜】

名・自サ 通宵，熬夜
例 徹夜で仕事する。
譯 徹夜工作。

18 | どうじに【同時に】

副 同時，一次；馬上，立刻
例 発売と同時に大ヒットした。
譯 一出售立即暢銷熱賣。

19 | とつぜん【突然】

副 突然
例 突然怒り出す。
譯 突然生氣。

20 | はじまり【始まり】

名 開始，開端；起源
例 近代医学の始まりである。
譯 為近代醫學的起源。

21 | はじめ【始め】

名・接尾 開始，開頭；起因，起源；以…為首
例 始めから終わりまで全部読む。
譯 從頭到尾全部閱讀。

22 | ふける【更ける】

自下一 (秋)深；(夜)闌
例 夜が更ける。
譯 三更半夜。

23 | ぶり【振り】

造語 相隔
例 五年振りに会った。
譯 相隔五年之後又見面。

24 ｜ へる【経る】

自下一 （時間、空間、事物）經過，通過

例 ３年を経た。

譯 經過了三年。

25 ｜ まい【毎】

接頭 每

例 毎朝、牛乳を飲む。

譯 每天早上，喝牛奶。

26 ｜ まえもって【前もって】

副 預先，事先

例 前もって知らせる。

譯 事先知會。

27 ｜ まよなか【真夜中】

名 三更半夜，深夜

例 真夜中に目が覚めた。

譯 深夜醒來。

28 ｜ やかん【夜間】

名 夜間，夜晚

例 夜間の勤務はきついなぁ。

譯 夜勤太累啦！

1-2 季節、年、月、週、日 ／
季節、年、月、週、日

01 ｜ いっさくじつ【一昨日】

名 前一天，前天

例 一昨日アメリカから帰ってきた。

譯 前天從美國回來了。

02 ｜ いっさくねん【一昨年】

造語 前年

例 一昨年は雪が多かった。

譯 前年下了很多雪。

03 ｜ か【日】

漢造 表示日期或天數

例 事故は三月二十日に起こった。

譯 事故發在三月二十日。

04 ｜ きゅうじつ【休日】

名 假日，休息日

例 休日が続く。

譯 連續休假。

05 ｜ げじゅん【下旬】

名 下旬

例 五月の下旬になる。

譯 在五月下旬。

06 ｜ げつまつ【月末】

名 月末、月底

例 料金は月末に払う。

譯 費用於月底支付。

07 ｜ さく【昨】

漢造 昨天；前一年，前一季；以前，過去

例 昨晩日本から帰ってきた。

譯 昨晚從日本回來了。

08 ｜ さくじつ【昨日】

名 （「きのう」的鄭重説法）昨日，昨天

例 昨日母から手紙が届いた。

譯 昨天收到了母親寫來的信。

09 | さくねん【昨年】

名·副 去年
例 昨年と比べる。
譯 跟去年相比。

10 | じつ【日】

漢造 太陽；日，一天，白天；每天
例 翌日にお届けします。
譯 隔日幫您送達。

11 | しゅう【週】

名·漢造 星期；一圈
例 週に一回運動する。
譯 每周運動一次。

12 | しゅうまつ【週末】

名 週末
例 週末に運動する。
譯 每逢週末就會去運動。

13 | じょうじゅん【上旬】

名 上旬
例 来月上旬に旅行する。
譯 下個月的上旬要去旅行。

14 | せんじつ【先日】

名 前天；前些日子
例 先日、田中さんに会った。
譯 前些日子，遇到了田中小姐。

15 | ぜんじつ【前日】

名 前一天
例 入学式の前日は緊張した。
譯 參加入學典禮的前一天非常緊張。

16 | ちゅうじゅん【中旬】

名 (一個月中的)中旬
例 6月の中旬に戻る。
譯 在6月中旬回來。

17 | ねんし【年始】

名 年初；賀年，拜年
例 年始のご挨拶に伺う。
譯 歲暮年初時節前往拜訪。

18 | ねんまつねんし【年末年始】

名 年底與新年
例 年末年始はハワイに行く。
譯 去夏威夷跨年。

19 | へいじつ【平日】

名 (星期日、節假日以外)平日；平常，平素
例 平日ダイヤで運行する。
譯 以平日的火車時刻表行駛。

20 | ほんじつ【本日】

名 本日，今日
例 本日のお薦めメニューはこちらです。
譯 這是今日的推薦菜單。

21 | ほんねん【本年】

名 本年，今年

例 本年もよろしく。

譯 今年還望您繼續關照。

22 | みょう【明】

接頭（相對於「今」而言的）明

例 明日のご予定は。

譯 你明天的行程是？

23 | みょうごにち【明後日】

名 後天

例 明後日に延期する。

譯 延到後天。

24 | ようび【曜日】

名 星期

例 曜日によって色を変える。

譯 根據禮拜幾的不同而改變顏色。

25 | よく【翌】

漢造 次，翌，第二

例 翌日は休日だ。

譯 隔天是假日。

26 | よくじつ【翌日】

名 隔天，第二天

例 翌日の準備ができている。

譯 隔天的準備已完成。

1-3 過去、現在、未来 /
過去、現在、未來

01 | いご【以後】

名 今後，以後，將來；（接尾語用法）(在某時期)以後

例 以後気をつけます。

譯 以後會多加小心一點。

02 | いぜん【以前】

名 以前；更低階段(程度)的；（某時期）以前

例 以前の通りだ。

譯 和以前一樣。

03 | げんだい【現代】

名 現代，當代；(歷史)現代(日本史上指二次世界大戰後)

例 現代の社会が求める。

譯 現代社會所要求的。

04 | こんご【今後】

名 今後，以後，將來

例 今後のことを考える。

譯 為今後作打算。

05 | じご【事後】

名 事後

例 事後の計画を立てる。

譯 制訂事後計畫。

06 | じぜん【事前】

名 事前

例 事前に話し合う。

譯 事前討論。

07 | すぎる【過ぎる】
自上一 超過；過於；經過
例 5時を過ぎた。
譯 已經五點多了。

08 | ぜん【前】
漢造 前方，前面；(時間)早；預先；從前
例 前首相が韓国を訪問する。
譯 前首相訪韓。

09 | ちょくご【直後】
名・副 (時間，距離)緊接著，剛…之後，…之後不久
例 犯人は事件直後に逮捕された。
譯 犯人在事件發生後不久便遭逮捕。

10 | ちょくぜん【直前】
名 即將…之前，眼看就要…的時候；(時間，距離)之前，跟前，眼前
例 テストの直前に頑張って勉強する。
譯 在考前用功讀書。

11 | のち【後】
名 後，之後；今後，未來；死後，身後
例 晴れのち曇りが続く。
譯 天氣持續晴後陰。

12 | ふる【古】
名・漢造 舊東西；舊，舊的
例 読んだ本を古本屋に売った。
譯 把看過的書賣給二手書店。

13 | みらい【未来】
名 將來，未來；(佛)來世
例 未来を予測する。
譯 預測未來。

14 | らい【来】
接尾 以來
例 彼とは10年来の付き合いだ。
譯 我和他已經認識十年了。

N3 1-4

1-4 期間、期限 /
期間、期限

01 | かん【間】
名・接尾 間，機會，間隙
例 五日間の京都旅行も終わった。
譯 五天的京都之旅已經結束。

02 | き【期】
漢造 時期；時機；季節；(預定的)時日
例 入学の時期が近い。
譯 開學時期將近。

03 | きかん【期間】
名 期間，期限內
例 期間が過ぎる。
譯 過期。

04 | きげん【期限】
名 期限
例 期限になる。
譯 到期。

1 時間

期間、期限 | 19

05 | シーズン【season】

名 (盛行的)季節，時期

例 受験シーズンが始まった。

譯 考季開始了。

06 | しめきり【締め切り】

名 (時間、期限等)截止，屆滿；封死，封閉；截斷，斷流

例 締め切りが近づく。

譯 臨近截稿日期。

07 | ていき【定期】

名 定期，一定的期限

例 エレベーターは定期的に調べる。

譯 定期維修電梯。

08 | まにあわせる【間に合わせる】

連語 臨時湊合，就將；使來得及，趕出來

例 締切に間に合わせる。

譯 在截止期限之前繳交。

住居
- 住房 -

2-1 家、住む /
住家、居住

01 | うつす【移す】

(他五) 移，搬；使傳染；度過時間

例 住まいを移す。

譯 遷移住所。

02 | きたく【帰宅】

(名・自サ) 回家

例 会社から帰宅する。

譯 從公司回家。

03 | くらす【暮らす】

(自他五) 生活，度日

例 楽しく暮らす。

譯 過著快樂的生活。

04 | けん・げん【軒】

(漢造) 軒昂，高昂；屋簷；表房屋數量，書齋，商店等雅號

例 薬屋が3軒ある。

譯 有三家藥局。

05 | じょう【畳】

(接尾・漢造)（計算草蓆、席墊)塊，疊；重疊

例 6畳のアパートに住んでいる。

譯 住在一間六鋪席大的公寓裡。

06 | すごす【過ごす】

(他五・接尾) 度（日子、時間），過生活；過渡過量；放過，不管

例 休日は家で過ごす。

譯 假日在家過。

07 | せいけつ【清潔】

(名・形動) 乾淨的，清潔的；廉潔；純潔

例 清潔に保つ。

譯 保持乾淨。

08 | ひっこし【引っ越し】

(名) 搬家，遷居

例 引っ越しをする。

譯 搬家。

09 | マンション【mansion】

(名) 公寓大廈；（高級)公寓

例 高級マンションに住む。

譯 住高級大廈。

10 | るすばん【留守番】

(名) 看家，看家人

例 留守番をする。

譯 看家。

11 | わ【和】

(名) 日本

例 和室と洋室、どちらがいい。

譯 和室跟洋室哪個好呢？

12 | わが【我が】

(連體) 我的，自己的，我們的

例 我が家へ、ようこそ。

譯 歡迎來到我家。

2-2 家の外側 /
住家的外側

01 | とじる【閉じる】

(自上一) 閉，關閉；結束

例 戸が閉じた。

譯 門關上了。

02 | ノック【knock】

(名・他サ) 敲打；（來訪者）敲門；打球

例 ノックの音が聞こえる。

譯 聽見敲門聲。

03 | ベランダ【veranda】

(名) 陽台；走廊

例 ベランダの花が次々に咲く。

譯 陽台上的花接二連三的綻放。

04 | やね【屋根】

(名) 屋頂

例 屋根から落ちる。

譯 從屋頂掉下來。

05 | やぶる【破る】

(他五) 弄破；破壞；違反；打敗；打破（記錄）

例 ドアを破って入った。

譯 破門而入。

06 | ロック【lock】

(名・他サ) 鎖，鎖上，閉鎖

例 ロックが壊れた。

譯 門鎖壞掉了。

2-3 部屋、設備 /
房間、設備

01 | あたたまる【暖まる】

(自五) 暖，暖和；感到溫暖；手頭寬裕

例 部屋が暖まる。

譯 房間暖和起來。

02 | いま【居間】

(名) 起居室

例 居間を掃除する。

譯 清掃客廳。

03 | かざり【飾り】

(名) 裝飾（品）

例 飾りをつける。

譯 加上裝飾。

04 | きく【効く】

(自五) 有效，奏效；好用，能幹；可以，能夠；起作用；（交通工具等）通，有

例 停電で冷房が効かない。

譯 停電了冷氣無法運轉。

05 | キッチン【kitchen】

名 廚房

例 ダイニングキッチンが人気だ。

譯 廚房兼飯廳裝潢很受歡迎。

06 | しんしつ【寝室】

名 寢室

例 寝室で休んだ。

譯 在臥房休息。

07 | せんめんじょ【洗面所】

名 化妝室，廁所

例 洗面所で顔を洗った。

譯 在化妝室洗臉。

08 | ダイニング【dining】

名 餐廳（「ダイニングルーム」之略稱）；
吃飯，用餐；西式餐館

例 ダイニングルームで食事をする。

譯 在西式餐廳用餐。

09 | たな【棚】

名 （放置東西的）隔板，架子，棚

例 お菓子を棚に置く。

譯 把糕點放在架子上。

10 | つまる【詰まる】

自五 擠滿，塞滿；堵塞，不通；窘困，
窘迫；縮短，緊小；停頓，擱淺

例 トイレが詰まった。

譯 廁所排水管塞住了。

11 | てんじょう【天井】

名 天花板

例 天井の高い家がいい。

譯 我要天花板高的房子。

12 | はしら【柱】

名・接尾 （建）柱子；支柱；（轉）靠山

例 柱が倒れた。

譯 柱子倒下。

13 | ブラインド【blind】

名 百葉窗，窗簾，遮光物

例 ブラインドを下ろす。

譯 拉下百葉窗。

14 | ふろ（ば）【風呂（場）】

名 浴室，洗澡間，浴池

例 風呂に入る。

譯 泡澡。

15 | まどり【間取り】

名 （房子的）房間佈局，採間，平面佈局

例 間取りがいい。

譯 隔間還不錯。

16 | もうふ【毛布】

名 毛毯，毯子

例 毛布をかける。

譯 蓋上毛毯。

17 | ゆか【床】

名 地板

例 床を拭く。

譯 擦地板。

18 | よわめる【弱める】

(他下一) 減弱，削弱

例 冷房を少し弱められますか。

譯 冷氣可以稍微轉弱嗎？

19 | リビング【living】

(名) 起居間，生活間

例 リビングには家具が並んでいる。

譯 客廳擺放著家具。

3-1 食事、味 /
用餐、味道

01 | あぶら【脂】

名 脂肪，油脂；（喻）活動力，幹勁

例 脂があるからおいしい。

譯 富含油質所以好吃。

02 | うまい

形 味道好，好吃；想法或做法巧妙，擅於；非常適宜，順利

例 空気がうまい。

譯 空氣新鮮。

03 | さげる【下げる】

他下一 向下；掛；收走

例 コップを下げる。

譯 收走杯子。

04 | さめる【冷める】

自下一 （熱的東西）變冷，涼；（熱情、興趣等）降低，減退

例 スープが冷めてしまった。

譯 湯冷掉了。

05 | しょくご【食後】

名 飯後，食後

例 食後に薬を飲む。

譯 藥必須在飯後服用。

06 | しょくぜん【食前】

名 飯前

例 食前にちゃんと手を洗う。

譯 飯前把手洗乾淨。

07 | すっぱい【酸っぱい】

形 酸，酸的

例 梅干しはすっぱいに決まっている。

譯 梅乾當然是酸的。

08 | マナー【manner】

名 禮貌，規矩；態度舉止，風格

例 食事のマナーが悪い。

譯 用餐禮儀不好。

09 | メニュー【menu】

名 菜單

例 ディナーのメニューをご覧ください。

譯 這是餐點的菜單，您請過目。

10 | ランチ【lunch】

名 午餐

例 ランチタイムにラーメンを食べる。

譯 午餐時間吃拉麵。

3-2 食べ物 /
食物

01 | アイスクリーム【ice cream】
名 冰淇淋
例 アイスクリームを食べる。
譯 吃冰淇淋。

02 | あぶら【油】
名 脂肪，油脂
例 魚を油で揚げる。
譯 用油炸魚。

03 | インスタント【instant】
名・形動 即席，稍加工即可的，速成
例 インスタントコーヒーを飲む。
譯 喝即溶咖啡。

04 | うどん【餛飩】
名 烏龍麵條，烏龍麵
例 うどんをゆでて食べる。
譯 煮烏龍麵吃。

05 | オレンジ【orange】
名 柳橙，柳丁；橙色
例 オレンジは全部食べた。
譯 橘子全都吃光了。

06 | ガム【(英) gum】
名 口香糖；樹膠
例 ガムを噛む。
譯 嚼口香糖。

07 | かゆ【粥】
名 粥，稀飯
例 粥を炊く。
譯 煮粥。

08 | かわ【皮】
名 皮，表皮；皮革
例 皮をむく。
譯 剝皮。

09 | くさる【腐る】
自五 腐臭，腐爛；金屬鏽，爛；墮落，腐敗；消沉，氣餒
例 味噌が腐る。
譯 味噌發臭。

10 | ケチャップ【ketchup】
名 蕃茄醬
例 ケチャップをつける。
譯 沾蕃茄醬。

11 | こしょう【胡椒】
名 胡椒
例 胡椒を入れる。
譯 灑上胡椒粉。

12 | さけ【酒】
名 酒(的總稱)，日本酒，清酒
例 酒を杯に入れる。
譯 將酒倒入杯子裡。

13 | しゅ【酒】
漢造 酒

例 葡萄酒を飲む。

譯 喝葡萄酒。

14 | ジュース【juice】

名 果汁，汁液，糖汁，肉汁

例 ジュースを飲む。

譯 喝果汁。

15 | しょくりょう【食料】

名 食品，食物

例 食料を保存する。

譯 保存食物。

16 | しょくりょう【食糧】

名 食糧，糧食

例 食糧を輸入する。

譯 輸入糧食。

17 | しんせん【新鮮】

名・形動 (食物)新鮮；清新乾淨；新穎，全新

例 新鮮な果物を食べる。

譯 吃新鮮的水果。

18 | す【酢】

名 醋

例 酢を入れる。

譯 加入醋。

19 | スープ【soup】

名 湯(多指西餐的湯)

例 スープを飲む。

譯 喝湯。

20 | ソース【sauce】

名 (西餐用)調味醬

例 ソースを作る。

譯 調製醬料。

21 | チーズ【cheese】

名 起司，乳酪

例 チーズを買う。

譯 買起司。

22 | チップ【chip】

名 (削木所留下的)片削；洋芋片

例 ポテトチップスを食べる。

譯 吃洋芋片。

23 | ちゃ【茶】

名・漢造 茶；茶樹；茶葉；茶水

例 茶を入れる。

譯 泡茶。

24 | デザート【dessert】

名 餐後點心，甜點(大多泛指較西式的甜點)

例 デザートを食べる。

譯 吃甜點。

25 | ドレッシング【dressing】

名 調味料，醬汁；服裝，裝飾

例 サラダにドレッシングをかける。

譯 把醬汁淋到沙拉上。

26 | どんぶり【丼】

名 大碗公；大碗蓋飯

例 500円で鰻丼が食べられる。

譯 500圓就可以吃到鰻魚蓋飯。

27 | なま【生】

名·形動（食物沒有煮過、烤過）生的；直接的，不加修飾的；不熟練，不到火候

例 生で食べる。

譯 生吃。

28 | ビール【(荷) bier】

名 啤酒

例 ビールを飲む。

譯 喝啤酒。

29 | ファストフード【fast food】

名 速食

例 ファストフードを食べすぎた。

譯 吃太多速食。

30 | べんとう【弁当】

名 便當，飯盒

例 弁当を作る。

譯 做便當。

31 | まぜる【混ぜる】

他下一 混入；加上，加進，攪，攪拌

例 ビールとジュースを混ぜる。

譯 將啤酒和果汁加在一起。

32 | マヨネーズ【mayonnaise】

名 美乃滋，蛋黃醬

例 パンにマヨネーズを塗る。

譯 在土司上塗抹美奶滋。

33 | みそしる【味噌汁】

名 味噌湯

例 私の母は毎朝味噌汁を作る。

譯 我母親每天早上煮味噌湯。

34 | ミルク【milk】

名 牛奶；煉乳

例 紅茶にはミルクを入れる。

譯 在紅茶裡加上牛奶。

35 | ワイン【wine】

名 葡萄酒；水果酒；洋酒

例 白ワインが合います。

譯 白酒很搭。

3-3 調理、料理、クッキング /
調理、菜餚、烹調

01 | あげる【揚げる】

他下一 炸，油炸；舉，抬；提高；進步

例 天ぷらを揚げる。

譯 炸天婦羅。

02 | あたためる【温める】

他下一 溫，熱；擱置不發表

例 ご飯を温める。

譯 熱飯菜。

03 | こぼす【溢す】

他五 灑，漏，溢（液體），落（粉末）；發

牢騷，抱怨

例 コーヒーを溢す。

譯 咖啡溢出來了。

---

04 | たく【炊く】

(他五) 點火，燒著；燃燒；煮飯，燒菜

例 ご飯を炊く。

譯 煮飯。

---

05 | たける【炊ける】

(自下一) 燒成飯，做成飯

例 ご飯が炊けた。

譯 飯已經煮熟了。

---

06 | つよめる【強める】

(他下一) 加強，增強

例 火を強める。

譯 把火力調大。

---

07 | てい【低】

(名・漢造) (位置)低；(價格等)低；變低

例 低温でゆっくり焼く。

譯 用低溫慢烤。

---

08 | にえる【煮える】

(自下一) 煮熟，煮爛；水燒開；固體融化(成泥狀)；發怒，非常氣憤

例 芋は煮えました。

譯 芋頭已經煮熟了。

---

09 | にる【煮る】

(自五) 煮，燉，熬

例 豆を煮る。

譯 煮豆子。

---

10 | ひやす【冷やす】

(他五) 使變涼，冰鎮；(喻)使冷靜

例 冷蔵庫で冷やす。

譯 放在冰箱冷藏。

---

11 | むく【剥く】

(他五) 剥，削

例 りんごを剥く。

譯 削蘋果皮。

---

12 | むす【蒸す】

(他五・自五) 蒸，熱(涼的食品)；(天氣)悶熱

例 肉まんを蒸す。

譯 蒸肉包。

---

13 | ゆでる【茹でる】

(他下一) (用開水)煮，燙

例 よく茹でる。

譯 煮熟。

---

14 | わく【沸く】

(自五) 煮沸，煮開；興奮

例 お湯が沸く。

譯 開水滾開。

---

15 | わる【割る】

(他五) 打，劈開；用除法計算

例 卵を割る。

譯 打破蛋。

4-1 衣服、洋服、和服 /
衣服、西服、和服

01 | えり【襟】
㊂ (衣服的)領子;脖頸,後頸;(西裝的)硬領
例 襟を立てる。
譯 立起領子。

02 | オーバー(コート)【overcoat】
㊂ 大衣,外套,外衣
例 オーバーを着る。
譯 穿大衣。

03 | ジーンズ【jeans】
㊂ 牛仔褲
例 ジーンズをはく。
譯 穿牛仔褲。

04 | ジャケット【jacket】
㊂ 外套,短上衣;唱片封面
例 ジャケットを着る。
譯 穿外套。

05 | すそ【裾】
㊂ 下擺,下襟;山腳;(靠近頸部的)頭髮
例 ジーンズの裾が汚れた。
譯 牛仔褲的褲腳髒了。

06 | せいふく【制服】
㊂ 制服
例 制服を着る。
譯 穿制服。

07 | そで【袖】
㊂ 衣袖;(桌子)兩側抽屜,(大門)兩側的廳房,舞台的兩側,飛機(兩翼)
例 半袖を着る。
譯 穿短袖。

08 | タイプ【type】
㊂·他サ 型,形式,類型;典型,榜樣,樣本,標本;(印)鉛字,活字;打字(機)
例 このタイプの服にする。
譯 決定穿這種樣式的服裝。

09 | ティーシャツ【T-shirt】
㊂ 圓領衫,T恤
例 ティーシャツを着る。
譯 穿T恤。

10 | パンツ【pants】
㊂ 內褲;短褲;運動短褲
例 パンツをはく。
譯 穿褲子。

11 | パンプス【pumps】
㊂ 女用的高跟皮鞋,淑女包鞋

例 パンプスをはく。
譯 穿淑女包鞋。

12 | ぴったり

(副・自サ) 緊緊地，嚴實地；恰好，正適合；
説中，猜中
例 体にぴったりした背広をつくる。
譯 製作合身的西裝。

13 | ブラウス【blouse】

(名) (多半為女性穿的)罩衫，襯衫
例 ブラウスを洗濯する。
譯 洗襯衫。

14 | ぼろぼろ

(名・副・形動) (衣服等)破爛不堪；(粒狀物)
散落貌
例 今でもぼろぼろの洋服を着ている。
譯 破破爛爛的衣服現在還在穿。

4-2 着る、装身具 /
穿戴、服飾用品

01 | きがえ【着替え】

(名・自サ) 換衣服；換洗衣物
例 急いで着替えを済ませる。
譯 急急忙忙地換好衣服。

02 | きがえる・きかえる【着替える】

(他下一) 換衣服
例 着物を着替える。
譯 換衣服。

03 | スカーフ【scarf】

(名) 圍巾，披肩；領結
例 スカーフを巻く。
譯 圍上圍巾。

04 | ストッキング【stocking】

(名) 褲襪；長筒襪
例 ナイロンのストッキングを履く。
譯 穿尼龍絲襪。

05 | スニーカー【sneakers】

(名) 球鞋，運動鞋
例 スニーカーで通勤する。
譯 穿球鞋上下班。

06 | ぞうり【草履】

(名) 草履，草鞋
例 草履を履く。
譯 穿草鞋。

07 | ソックス【socks】

(名) 短襪
例 ソックスを履く。
譯 穿襪子。

08 | とおす【通す】

(他五・接尾) 穿通，貫穿；滲透，透過；連續，
貫徹；(把客人)讓到裡邊；一直，連續，
…到底
例 そでに手を通す。
譯 把手伸進袖筒。

09 | ネックレス【necklace】

(名) 項鍊

(例) ネックレスをつける。

(譯) 戴上項鍊。

---

10 | ハイヒール【high heel】

(名) 高跟鞋

(例) ハイヒールをはく。

(譯) 穿高跟鞋。

---

11 | バッグ【bag】

(名) 手提包

(例) バッグに財布を入れる。

(譯) 把錢包放入包包裡。

---

12 | ベルト【belt】

(名) 皮帶；(機)傳送帶；(地)地帶

(例) ベルトの締め方を動画で解説する。

(譯) 以動畫解説繫皮帶的方式。

---

13 | ヘルメット【helmet】

(名) 安全帽；頭盔，鋼盔

(例) ヘルメットをかぶる。

(譯) 戴安全帽。

---

14 | マフラー【muffler】

(名) 圍巾；(汽車等的)減音器

(例) 暖かいマフラーをくれた。

(譯) 人家送了我暖和的圍巾。

5-1 身体、体 /
胴體、身體

01 | あたたまる【温まる】
(自五) 暖，暖和；感到心情溫暖
例 体が温まる。
譯 身體暖和。

02 | あたためる【暖める】
(他下一) 使溫暖；重溫，恢復
例 手を暖める。
譯 焐手取暖。

03 | うごかす【動かす】
(他五) 移動，挪動，活動；搖動，搖撼；
給予影響，使其變化，感動
例 体を動かす。
譯 活動身體。

04 | かける【掛ける】
(他下一・接尾) 坐；懸掛；蓋上，放上；放
在…之上；提交；澆；開動；花費；寄
託；鎖上；(數學)乘
例 椅子に掛ける。
譯 坐下。

05 | かた【肩】
(名) 肩，肩膀；(衣服的)肩
例 肩を揉む。

譯 按摩肩膀。

06 | こし【腰】
(名・接尾) 腰；(衣服、裙子等的)腰身
例 腰が痛い。
譯 腰痛。

07 | しり【尻】
(名) 屁股，臀部；(移動物體的)後方，
後面；末尾，最後；(長物的)末端
例 しりが痛くなった。
譯 屁股痛了起來。

08 | バランス【balance】
(名) 平衡，均衡，均等
例 バランスを取る。
譯 保持平衡。

09 | ひふ【皮膚】
(名) 皮膚
例 冬は皮膚が弱くなる。
譯 皮膚在冬天比較脆弱。

10 | へそ【臍】
(名) 肚臍；物體中心突起部分
例 へそを曲げる。
譯 不聽話。

11 | ほね【骨】

㊔ 骨頭；費力氣的事

例 骨が折れる。

譯 費力氣。

12 | むける【剥ける】

㊀下一 剝落，脫落

例 鼻の皮がむけた。

譯 鼻子的皮脫落了。

13 | むね【胸】

㊔ 胸部；內心

例 胸が痛む。

譯 胸痛；痛心。

14 | もむ【揉む】

㊌五 搓，揉；捏，按摩；(很多人)互相推擠；
爭辯；(被動式型態)錘鍊，受磨練

例 肩をもんであげる。

譯 我幫你按摩肩膀。

5-2 顔 / 臉

01 | あご【顎】

㊔ (上、下)顎；下巴

例 二重あごになる。

譯 長出雙下巴。

02 | うつる【映る】

㊀五 映，照；顯得，映入；相配，相稱；
照相，映現

例 目に映る。

譯 映入眼簾。

03 | おでこ

㊔ 凸額，額頭突出(的人)；額頭，額骨

例 おでこを出す。

譯 露出額頭。

04 | かぐ【嗅ぐ】

㊌五 (用鼻子)聞，嗅

例 花の香りをかぐ。

譯 聞花香。

05 | かみのけ【髪の毛】

㊔ 頭髮

例 髪の毛を切る。

譯 剪髮。

06 | くちびる【唇】

㊔ 嘴唇

例 唇が青い。

譯 嘴唇發青。

07 | くび【首】

㊔ 頸部

例 首が痛い。

譯 脖子痛。

08 | した【舌】

㊔ 舌頭；說話；舌狀物

例 舌が長い。

譯 愛說話。

09 | だまる【黙る】

㊀五 沉默，不說話；不理，不聞不問

例 黙って命令に従う。
譯 默默地服從命令。

10 | はなす【離す】

他五 使…離開，使…分開；隔開，拉開
距離
例 目を離す。
譯 轉移視線。

11 | ひたい【額】

名 前額，額頭；物體突出部分
例 額に汗して働く。
譯 汗流滿面地工作。

12 | ひょうじょう【表情】

名 表情
例 表情が暗い。
譯 神情陰鬱。

13 | ほお【頰】

名 頰，臉蛋
例 ほおが赤い。
譯 臉蛋紅通通的。

14 | まつげ【まつ毛】

名 睫毛
例 まつ毛が抜ける。
譯 掉睫毛。

15 | まぶた【瞼】

名 眼瞼，眼皮
例 瞼を閉じる。
譯 闔上眼瞼。

16 | まゆげ【眉毛】

名 眉毛
例 まゆげが長い。
譯 眉毛很長。

17 | みかける【見掛ける】

他下一 看到，看出，看見；開始看
例 彼女をよく駅で見かけます。
譯 經在車站看到她。

5-3 手足 (1) /
手腳(1)

01 | あくしゅ【握手】

名・自サ 握手；和解，言和；合作，妥協；
會師，會合
例 握手をする。
譯 握手合作。

02 | あしくび【足首】

名 腳踝
例 足首を温める。
譯 暖和腳踝。

03 | うめる【埋める】

他下一 埋，掩埋；填補，彌補；佔滿
例 金を埋める。
譯 把錢埋起來。

04 | おさえる【押さえる】

他下一 按，壓；扣住，勒住；控制，阻止；
捉住；扣留；超群出眾
例 耳を押さえる。
譯 摀住耳朵。

05 | おやゆび【親指】

名 （手腳的）拇指

例 手の親指が痛い。

譯 手的大拇指會痛。

06 | かかと【踵】

名 腳後跟

例 踵の高い靴を履く。

譯 穿高跟鞋。

07 | かく【掻く】

他五 （用手或爪）搔，撥；拔，推；攪拌，攪和

例 頭を掻く。

譯 搔起頭來。

08 | くすりゆび【薬指】

名 無名指

例 薬指に指輪をしている。

譯 在無名指上戴戒指。

09 | こゆび【小指】

名 小指頭

例 小指に指輪をつける。

譯 小指戴上戒指。

10 | だく【抱く】

他五 抱；孵卵；心懷，懷抱

例 赤ちゃんを抱く。

譯 抱小嬰兒。

11 | たたく【叩く】

他五 敲，叩；打；詢問，徵求；拍，鼓掌；攻擊，駁斥；花完，用光

例 ドアをたたく。

譯 敲打門。

12 | つかむ【掴む】

他五 抓，抓住，揪住，握住；掌握到，瞭解到

例 手首を掴んだ。

譯 抓住了手腕。

13 | つつむ【包む】

他五 包裹，打包，包上；蒙蔽，遮蔽，籠罩；藏在心中，隱瞞；包圍

例 プレゼントを包む。

譯 包裝禮物。

14 | つなぐ【繋ぐ】

他五 拴結，繫；連起，接上；延續，維繫（生命等）

例 手を繋ぐ。

譯 手牽手。

15 | つまさき【爪先】

名 腳指甲尖端

例 爪先で立つ。

譯 用腳尖站立。

16 | つめ【爪】

名 （人的）指甲，腳指甲；（動物的）爪；指尖；（用具的）鉤子

例 爪を伸ばす。

譯 指甲長長。

17 | てくび【手首】

名 手腕
例 手首を怪我した。
譯 手腕受傷了。

18 | てのこう【手の甲】

名 手背
例 手の甲にキスする。
譯 在手背上親吻。

19 | てのひら【手の平・掌】

名 手掌
例 掌に載せて持つ。
譯 放在手掌上托著。

20 | なおす【直す】

他五 修理；改正；治療
例 自転車を直す。
譯 修理腳踏車。

N3 ● 5-3(2)

5-3 手足 (2) /
手腳 (2)

21 | なかゆび【中指】

名 中指
例 中指でさすな。
譯 別用中指指人。

22 | なぐる【殴る】

他五 毆打，揍；草草了事
例 人を殴る。
譯 打人。

23 | ならす【鳴らす】

他五 鳴，啼，叫；(使)出名；嘮叨；放響屁
例 鐘を鳴らす。
譯 敲鐘。

24 | にぎる【握る】

他五 握，抓；握飯團或壽司；掌握，抓住；(圍棋中決定誰先下)抓棋子
例 手を握る。
譯 握拳。

25 | ぬく【抜く】

自他五・接尾 抽出，拔去；選出，摘引；消除，排除；省去，減少；超越
例 空気を抜いた。
譯 放了氣。

26 | ぬらす【濡らす】

他五 浸濕，淋濕，沾濕
例 濡らすと壊れる。
譯 碰到水，就會故障。

27 | のばす【伸ばす】

他五 伸展，擴展，放長；延緩(日期)，推遲；發展，發揮；擴大，增加；稀釋；打倒
例 手を伸ばす。
譯 伸手。

28 | はくしゅ【拍手】

名・自サ 拍手，鼓掌
例 拍手を送った。
譯 一起報以掌聲。

29 | はずす【外す】

他五 摘下，解開，取下；錯過，錯開；落後，失掉；避開，躲過

例 眼鏡を外す。

譯 摘下眼鏡。

---

30 | はら【腹】

名 肚子；心思，內心活動；心情，情緒；心胸，度量；胎內，母體內

例 腹がいっぱい。

譯 肚子很飽。

---

31 | ばらばら（な）

副 分散貌；凌亂，支離破碎的

例 時計をばらばらにする。

譯 把表拆開。

---

32 | ひざ【膝】

名 膝，膝蓋

例 膝を曲げる。

譯 曲膝。

---

33 | ひじ【肘】

名 肘，手肘

例 肘つきのいす。

譯 帶扶手的椅子。

---

34 | ひとさしゆび【人差し指】

名 食指

例 人差し指を立てる。

譯 豎起食指。

---

35 | ふる【振る】

他五 揮，搖；撒，丟；（俗）放棄，犧牲（地位等）；謝絕，拒絕；派分；在漢字上註假名；（使方向）偏於

例 手を振る。

譯 揮手。

---

36 | ほ・ぽ【歩】

名・漢造 步，步行；（距離單位）步

例 前へ、一歩進む。

譯 往前一步。

---

37 | まげる【曲げる】

他下一 彎，曲；歪，傾斜；扭曲，歪曲；改變，放棄；（當舖裡的）典當；偷，竊

例 腰を曲げる。

譯 彎腰。

---

38 | もも【股・腿】

名 股，大腿

例 腿の裏側が痛い。

譯 腿部內側會痛。

パート 6 第六章

生理

- 生理（現象）-

6-1 誕生、生命 /
誕生、生命

01 | いっしょう【一生】

名 一生，終生，一輩子

例 私は一生結婚しません。

譯 終生不結婚。

02 | いのち【命】

名 生命，命；壽命

例 命が危ない。

譯 性命垂危。

03 | うむ【産む】

他五 生，產

例 女の子を産む。

譯 生女兒。

04 | せい【性】

名・漢造 性別；性慾；本性

例 性に目覚める。

譯 情竇初開。

05 | せいねんがっぴ【生年月日】

名 出生年月日，生日

例 生年月日を書く。

譯 填上出生年月日。

06 | たんじょう【誕生】

名・自サ 誕生，出生；成立，創立，創辦

例 誕生日のお祝いをする。

譯 慶祝生日。

6-2 老い、死 /
老年、死亡

01 | おい【老い】

名 老；老人

例 体の老いを感じる。

譯 感到身體衰老。

02 | こうれい【高齢】

名 高齢

例 彼は百歳の高齢まで生きた。

譯 他活到百歳的高齢。

03 | しご【死後】

名 死後；後事

例 死後の世界を見た。

譯 看到冥界。

04 | しぼう【死亡】

名・他サ 死亡

例 事故で死亡する。

譯 死於意外事故。

05 | せいぜん【生前】

名 生前

例 父が生前可愛がっていた猫がいる。

譯 有一隻貓是父親生前最喜歡的。

06 | なくなる【亡くなる】

自五 去世，死亡

例 おじいさんが亡くなった。

譯 爺爺過世了。

6-3 発育、健康 /
發育、健康

01 | えいよう【栄養】

名 營養

例 栄養が足りない。

譯 營養不足。

02 | おきる【起きる】

自上一（倒著的東西）起來，立起來；起床；不睡；發生

例 ずっと起きている。

譯 一直都是醒著。

03 | おこす【起こす】

他五 扶起；叫醒；引起

例 子どもを起こす。

譯 把小孩叫醒。

04 | けんこう【健康】

形動 健康的，健全的

例 健康に役立つ。

譯 有益健康。

05 | しんちょう【身長】

名 身高

例 身長が伸びる。

譯 長高。

06 | せいちょう【成長】

名・自サ（經濟、生產）成長，增長，發展；（人、動物）生長，發育

例 子供が成長した。

譯 孩子長大成人了。

07 | せわ【世話】

名・他サ 援助，幫助；介紹，推薦；照顧，照料；俗語，常言

例 子どもの世話をする。

譯 照顧小孩。

08 | そだつ【育つ】

自五 成長，長大，發育

例 元気に育っている。

譯 健康地成長著。

09 | たいじゅう【体重】

名 體重

例 体重が落ちる。

譯 體重減輕。

10 | のびる【伸びる】

自上一（長度等）變長，伸長；（皺摺等）伸展；擴展，到達；（勢力、才能等）擴大，增加，發展

例 背が伸びる。

譯 長高了。

11 | はみがき【歯磨き】

㊂ 刷牙；牙膏，牙膏粉；牙刷

例 食後に歯みがきをする。

譯 每餐飯後刷牙。

12 | はやす【生やす】

㊏五 使生長；留（鬍子）

例 髭を生やす。

譯 留鬍鬚。

6-4 体調、体質 /
身體狀況、體質

01 | おかしい【可笑しい】

㊟ 奇怪，可笑；不正常

例 胃の調子がおかしい。

譯 胃不太舒服。

02 | かゆい【痒い】

㊟ 癢的

例 頭が痒い。

譯 頭部發癢。

03 | かわく【渇く】

㊐五 渴，乾渴；渴望，內心的要求

例 のどが渇く。

譯 口渴。

04 | ぐっすり

㊐ 熟睡，酣睡

例 ぐっすり寝る。

譯 睡得很熟。

05 | けんさ【検査】

㊂・他サ 檢查，檢驗

例 検査に通る。

譯 通過檢查。

06 | さます【覚ます】

㊏五 （從睡夢中）弄醒，喚醒；（從迷惑、錯誤中）清醒，醒酒；使清醒，使覺醒

例 目を覚ました。

譯 醒了。

07 | さめる【覚める】

㊐下一 （從睡夢中）醒，醒過來；（從迷惑、錯誤、沉醉中）醒悟，清醒

例 目が覚めた。

譯 醒過來了。

08 | しゃっくり

㊂・自サ 打嗝

例 しゃっくりが出る。

譯 打嗝。

09 | たいりょく【体力】

㊂ 體力

例 体力がない。

譯 沒有體力。

10 | ちょうし【調子】

㊂ （音樂）調子，音調；語調，聲調，口氣；格調，風格；情況，狀況

例 体の調子が悪い。

譯 身體情況不好。

11 | つかれ【疲れ】

(名) 疲勞，疲乏，疲倦
例 疲れが出る。
譯 感到疲勞。

12 | どきどき

(副・自サ)（心臓）撲通撲通地跳，七上八下
例 心臓がどきどきする。
譯 心臟撲通撲通地跳。

13 | ぬける【抜ける】

(自下一) 脫落，掉落；遺漏；脫；離，離開，消失，散掉；溜走，逃脫
例 髪がよく抜ける。
譯 髮絲經常掉落。

14 | ねむる【眠る】

(自五) 睡覺；埋藏
例 薬で眠らせた。
譯 用藥讓他入睡。

15 | はったつ【発達】

(名・自サ)（身心）成熟，發達；擴展，進步；（機能）發達，發展
例 全身の筋肉が発達している。
譯 全身肌肉發達。

16 | へんか【変化】

(名・自サ) 變化，改變；（語法）變形，活用
例 変化に強い。
譯 很善於應變。

17 | よわまる【弱まる】

(自五) 變弱，衰弱
例 体が弱まっている。
譯 身體變弱。

6-5 病気、治療 /
疾病、治療

01 | いためる【傷める・痛める】

(他下一) 使（身體）疼痛，損傷；使（心裡）痛苦
例 足を痛める。
譯 把腳弄痛。

02 | ウイルス【virus】

(名) 病毒，濾過性病毒
例 ウイルスにかかる。
譯 被病毒感染。

03 | かかる

(自五) 生病；遭受災難
例 病気にかかる。
譯 生病。

04 | さます【冷ます】

(他五) 冷卻，弄涼；（使熱情、興趣）降低，減低
例 熱を冷ます。
譯 退燒。

05 | しゅじゅつ【手術】

(名・他サ) 手術
例 手術して治す。
譯 進行手術治療。

06 | しょうじょう【症状】

（名）症状

例 どんな症状か医者に説明する。

譯 告訴醫師有哪些症狀。

07 | じょうたい【状態】

（名）狀態，情況

例 手術後の状態はとてもいいです。

譯 手術後狀況良好。

08 | ダウン【down】

（名・自他サ）下，倒下，向下，落下；下降，減退；（棒）出局；（拳擊）擊倒

例 風邪でダウンする。

譯 因感冒而倒下。

09 | ちりょう【治療】

（名・他サ）治療，醫療，醫治

例 治療計画が決まった。

譯 決定治療計畫。

10 | なおす【治す】

（他五）醫治，治療

例 虫歯を治す。

譯 治療蛀牙。

11 | ぼう【防】

（漢造）防備，防止；堤防

例 予防は治療に勝つ。

譯 預防勝於治療。

12 | ほうたい【包帯】

（名・他サ）（醫）繃帶

例 包帯を換える。

譯 更換包紮帶。

13 | まく【巻く】

（自五・他五）形成漩渦；喘不上氣來；捲；纏繞；上發條；捲起；包圍；（登山）迂迴繞過險處；（連歌，俳諧）連吟

例 足に包帯を巻く。

譯 腳用繃帶包紮。

14 | みる【診る】

（他上一）診察

例 患者を診る。

譯 看診。

15 | よぼう【予防】

（名・他サ）預防

例 病気は予防が大切だ。

譯 預防疾病非常重要。

N3 ● 6-6

6-6 体の器官の働き /
身體器官功能

01 | くさい【臭い】

（形）臭

例 臭い匂いがする。

譯 有臭味。

02 | けつえき【血液】

（名）血，血液

例 血液を採る。

譯 抽血。

03 | こぼれる【零れる】

(自下一) 灑落，流出；溢出，漾出；（花）掉落

例 涙が零れる。

譯 灑淚。

04 | さそう【誘う】

(他五) 約，邀請；勸誘，會同；誘惑，勾引；引誘，引起

例 涙を誘う。

譯 引人落淚。

05 | なみだ【涙】

(名) 涙，眼淚；哭泣；同情

例 涙があふれる。

譯 淚如泉湧。

06 | ふくむ【含む】

(他五・自四) 含（在嘴裡）；帶有，包含；瞭解，知道；含蓄；懷（恨）；鼓起；（花）含苞

例 目に涙を含む。

譯 眼裡含淚。

7-1 人物、老若男女 /
人物、男女老少

01 | あらわす【現す】
他五 現，顯現，顯露
例 彼が姿を現す。
譯 他露了臉。

02 | しょうじょ【少女】
名 少女，小姑娘
例 少女のころは漫画家を目指していた。
譯 少女時代曾以當漫畫家為目標。

03 | しょうねん【少年】
名 少年
例 少年の頃に戻る。
譯 回到年少時期。

04 | せいじん【成人】
名・自サ 成年人；成長，（長大）成人
例 成人して働きに出る。
譯 長大後外出工作。

05 | せいねん【青年】
名 青年，年輕人
例 息子は立派な青年になった。
譯 兒子成為一個優秀的好青年了。

06 | ちゅうこうねん【中高年】
名 中年和老年，中老年
例 中高年に人気だ。
譯 受到中高年齡層觀眾的喜愛。

07 | ちゅうねん【中年】
名 中年
例 中年になった。
譯 已經是中年人了。

08 | としうえ【年上】
名 年長，年歲大（的人）
例 年上の人に敬語を使う。
譯 對長輩要使用敬語。

09 | としより【年寄り】
名 老人；(史)重臣，家老；(史)村長；(史)女管家；(相撲)退休的力士，顧問
例 お年寄りに席を譲った。
譯 讓了座給長輩。

10 | ミス【Miss】
名 小姐，姑娘
例 ミス日本に輝いた。
譯 榮獲為日本小姐。

11 | めうえ【目上】

名 上司；長輩
例 目上の人を立てる。
譯 尊敬長輩。

12 | ろうじん【老人】

名 老人，老年人
例 老人になる。
譯 老了。

13 | わかもの【若者】

名 年輕人，青年
例 若者たちの間で有名になった。
譯 在年輕人間頗負盛名。

7-2 いろいろな人を表すことば /
各種人物的稱呼

01 | アマチュア【amateur】

名 業餘愛好者；外行
例 アマチュア選手もレベルが高い。
譯 業餘選手的水準也很高。

02 | いもうとさん【妹さん】

名 妹妹，令妹（「妹」的鄭重説法）
例 妹さんはおいくつですか。
譯 你妹妹多大年紀？

03 | おまごさん【お孫さん】

名 孫子，孫女，令孫（「孫」的鄭重説法）
例 お孫さんは何人いますか。
譯 您孫子（女）有幾位？

04 | か【家】

漢造 家庭；家族；專家
例 芸術家になって食べていく。
譯 當藝術家餬口過日。

05 | グループ【group】

名 （共同行動的）集團，夥伴；組，幫，群
例 グループを作る。
譯 分組。

06 | こいびと【恋人】

名 情人，意中人
例 恋人ができた。
譯 有了情人。

07 | こうはい【後輩】

名 後來的同事，（同一學校）後班生；晚輩，後生
例 後輩を叱る。
譯 責罵後生晚輩。

08 | こうれいしゃ【高齢者】

名 高齡者，年高者
例 高齢者の人数が増える。
譯 高齡人口不斷增加。

09 | こじん【個人】

名 個人
例 個人的な問題になる。
譯 成為私人的問題。

10 | しじん【詩人】

名 詩人

例 詩人になる。
譯 成為詩人。

11 | しゃ【者】

漢造 者，人；（特定的)事物，場所
例 けが人はいるが、死亡者はいない。
譯 雖然有人受傷，但沒有人死亡。

12 | しゅ【手】

漢造 手；親手；專家；有技藝或資格的人
例 助手を呼んでくる。
譯 請助手過來。

13 | しゅじん【主人】

名 家長，一家之主；丈夫，外子；主人；
東家，老闆，店主
例 お隣のご主人はよく手伝ってくれる。
譯 鄰居的男主人經常幫我忙。

14 | じょ【女】

名・漢造 （文）女兒；女人，婦女
例 かわいい少女を見た。
譯 看見一位可愛的少女。

15 | しょくにん【職人】

名 工匠
例 職人になる。
譯 成為工匠。

16 | しりあい【知り合い】

名 熟人，朋友
例 知り合いになる。
譯 相識。

17 | スター【star】

名 （影劇)明星，主角；星狀物，星
例 スーパースターになる。
譯 成為超級巨星。

18 | だん【団】

漢造 團，圓團；團體
例 団体で旅行へ行く。
譯 跟團旅行。

19 | だんたい【団体】

名 團體，集體
例 団体で動く。
譯 團體行動。

20 | ちょう【長】

名・漢造 長，首領；長輩；長處
例 一家の長として頑張る。
譯 以身為一家之主而努力。

21 | どくしん【独身】

名 單身
例 独身の生活を楽しむ。
譯 享受單身生活。

22 | どの【殿】

接尾 （前接姓名等)表示尊重(書信用，
多用於公文)
例 PTA会長殿がお見えになりました。
譯 家長教師會會長蒞臨了。

23｜ベテラン【veteran】

⑧ 老手，內行

例 ベテラン選手がやめる。

譯 老將辭去了。

24｜ボランティア【volunteer】

⑧ 志願者，志工

例 ボランティアで道路のごみ拾いをしている。

譯 義務撿拾馬路上的垃圾。

25｜ほんにん【本人】

⑧ 本人

例 本人が現れた。

譯 當事人現身了。

26｜むすこさん【息子さん】

⑧（尊稱他人的）令郎

例 息子さんのお名前は。

譯 請教令郎的大名是？

27｜やぬし【家主】

⑧ 房東，房主；戶主

例 家主に家賃を払う。

譯 付房東房租。

28｜ゆうじん【友人】

⑧ 友人，朋友

例 友人と付き合う。

譯 和友人交往。

29｜ようじ【幼児】

⑧ 學齡前兒童，幼兒

例 幼児教育を研究する。

譯 研究幼兒教育。

30｜ら【等】

接尾（表示複數）們；（同類型的人或物）等

例 君らは何年生。

譯 你們是幾年級？

31｜リーダー【leader】

⑧ 領袖，指導者，隊長

例 登山隊のリーダーになる。

譯 成為登山隊的領隊。

7-3 容姿 /
姿容

01｜イメージ【image】

⑧ 影像，形象，印象

例 イメージが変わった。

譯 變得跟印象中不同了。

02｜おしゃれ【お洒落】

名·形動 打扮漂亮，愛漂亮的人

例 お洒落をする。

譯 打扮。

03｜かっこういい【格好いい】

連語·形（俗）真棒，真帥，酷（口語用「かっこいい」）

例 かっこういい人が苦手だ。

譯 在帥哥面前我往往會不知所措。

04｜けしょう【化粧】

（名·自サ）化妝，打扮；修飾，裝飾，裝潢
例 化粧を直す。
譯 補妝。

---

05 | そっくり

（形動·副）一模一樣，極其相似；全部，完全，原封不動
例 私と母はそっくりだ。
譯 我和媽媽長得幾乎一模一樣。

---

06 | にあう【似合う】

（自五）合適，相稱，調和
例 君によく似合う。
譯 很適合你。

---

07 | はで【派手】

（名·形動）（服裝等）鮮艷的，華麗的；（為引人注目而動作）誇張，做作
例 派手な服を着る。
譯 穿華麗的衣服。

---

08 | びじん【美人】

（名）美人，美女
例 やっぱり美人は得だね。
譯 果然美女就是佔便宜。

7-4 態度、性格 /
態度、性格

01 | あわてる【慌てる】

（自下一）驚慌，急急忙忙，匆忙，不穩定
例 慌てて逃げる。
譯 驚慌逃走。

---

02 | いじわる【意地悪】

（名·形動）使壞，刁難，作弄
例 意地悪な人に苦しめられている。
譯 被壞心眼的人所苦。

---

03 | いたずら【悪戯】

（名·形動）淘氣，惡作劇；玩笑，消遣
例 いたずらがすぎる。
譯 惡作劇過度。

---

04 | いらいら【苛々】

（名·副·他サ）情緒急躁，不安；焦急，急躁
例 連絡がとれずいらいらする。
譯 聯絡不到對方焦躁不安。

---

05 | うっかり

（副·自サ）不注意，不留神；發呆，茫然
例 うっかりと秘密をしゃべる。
譯 不小心把秘密說出來。

---

06 | おじぎ【お辞儀】

（名·自サ）行禮，鞠躬，敬禮；客氣
例 お辞儀をする。
譯 行禮。

---

07 | おとなしい【大人しい】

（形）老實，溫順；（顏色等）樸素，雅致
例 おとなしい娘がいい。
譯 我喜歡溫順的女孩。

08 | かたい【固い・硬い・堅い】

形 硬的，堅固的；堅決的；生硬的；嚴謹的，頑固的；一定，包准；可靠的

例 頭が固い。

譯 死腦筋。

09 | きちんと

副 整齊，乾乾淨淨；恰好，洽當；如期，準時；好好地，牢牢地

例 沢山の本をきちんと片付けた。

譯 把一堆書收拾得整整齊齊的。

10 | けいい【敬意】

名 尊敬對方的心情，敬意

例 敬意を表する。

譯 表達敬意。

11 | けち

名・形動 吝嗇、小氣(的人)；卑賤，簡陋，心胸狹窄，不值錢

例 けちな性格になる。

譯 變成小氣的人。

12 | しょうきょくてき【消極的】

形動 消極的

例 消極的な態度をとる。

譯 採取消極的態度。

13 | しょうじき【正直】

名・形動・副 正直，老實

例 正直な人が得をする。

譯 正直的人好處多多。

14 | せいかく【性格】

名 (人的)性格，性情；(事物的)性質，特性

例 性格が悪い。

譯 性格惡劣。

15 | せいしつ【性質】

名 性格，性情；(事物)性質，特性

例 性質がよい。

譯 性質很好。

16 | せっきょくてき【積極的】

形動 積極的

例 積極的に仕事を探す。

譯 積極地找工作。

17 | そっと

副 悄悄地，安靜的；輕輕的；偷偷地；照原樣不動的

例 そっと教えてくれた。

譯 偷偷地告訴了我。

18 | たいど【態度】

名 態度，表現；舉止，神情，作風

例 態度が悪い。

譯 態度惡劣。

19 | つう【通】

名・形動・接尾・漢造 精通，內行，專家；通曉人情世故，通情達理；暢通；(助數詞)封，件，紙；穿過；往返；告知；貫徹始終

例 彼は日本通だ。

譯 他是個日本通。

20 | どりょく【努力】

(名・自サ) 努力

例 努力が結果につながる。

譯 因努力而取得成果。

21 | なやむ【悩む】

(自五) 煩惱，苦惱，憂愁；感到痛苦

例 進路のことで悩んでいる。

譯 煩惱不知道以後做什麼好。

22 | にがて【苦手】

(名・形動) 棘手的人或事；不擅長的事物

例 勉強が苦手だ。

譯 不喜歡讀書。

23 | のうりょく【能力】

(名) 能力；(法)行為能力

例 能力を伸ばす。

譯 施展才能。

24 | ばか【馬鹿】

(名・接頭) 愚蠢，糊塗

例 ばかなまねはするな。

譯 別做傻事。

25 | はっきり

(副・自サ) 清楚；直接了當

例 はっきり言いすぎた。

譯 説得太露骨了。

26 | ぶり【振り】

(造語) 樣子，狀態

例 勉強振りを評価する。

譯 對學習狀況給予評價。

27 | やるき【やる気】

(名) 幹勁，想做的念頭

例 やる気はある。

譯 幹勁十足。

28 | ゆうしゅう【優秀】

(名・形動) 優秀

例 優秀な人材を得る。

譯 獲得優秀的人才。

29 | よう【様】

(造語・漢造) 樣子，方式；風格；形狀

例 彼の様子がおかしい。

譯 他的樣子有些怪異。

30 | らんぼう【乱暴】

(名・形動・自サ) 粗暴，粗魯；蠻橫，不講理；
胡來，胡亂，亂打人

例 言い方が乱暴だ。

譯 説話方式很粗魯。

31 | わがまま

(名・形動) 任性，放肆，肆意

例 わがままを言う。

譯 説任性的話。

7-5 人間関係 /
人際關係

01 | あいて【相手】
名 夥伴，共事者；對方，敵手；對象
例 テニスの相手をする。
譯 做打網球的對手。

02 | あわせる【合わせる】
他下一 合併；核對，對照；加在一起，混合；配合，調合
例 力を合わせる。
譯 聯手，合力。

03 | おたがい【お互い】
名 彼此，互相
例 お互いに頑張ろう。
譯 彼此加油吧！

04 | カップル【couple】
名 一對，一對男女，一對情人，一對夫婦
例 お似合いなカップルですね。
譯 真是相配的一對啊！

05 | きょうつう【共通】
名·形動·自サ 共同，通用
例 共通の趣味がある。
譯 有同樣的嗜好。

06 | きょうりょく【協力】
名·自サ 協力，合作，共同努力，配合
例 みんなで協力する。
譯 大家通力合作。

07 | コミュニケーション【communication】
名 (語言、思想、精神上的)交流，溝通；通訊，報導，信息
例 コミュニケーションを大切にする。
譯 注重溝通。

08 | したしい【親しい】
形 (血緣)近；親近，親密；不稀奇
例 親しい友達になる。
譯 成為密友。

09 | すれちがう【擦れ違う】
自五 交錯，錯過去；不一致，不吻合，互相分歧；錯車
例 彼女と擦れ違った。
譯 與她擦身而過。

10 | たがい【互い】
名·形動 互相，彼此；雙方；彼此相同
例 互いに協力する。
譯 互相協助。

11 | たすける【助ける】
他下一 幫助，援助；救，救助；輔佐；救濟，資助
例 命を助ける。
譯 救人一命。

12 | ちかづける【近付ける】
他五 使…接近，使…靠近
例 人との関係を近づける。
譯 與人的關係更緊密。

13 | ちょくせつ【直接】

(名・副・自サ) 直接

例 会って直接話す。

譯 見面直接談。

14 | つきあう【付き合う】

(自五) 交際，往來；陪伴，奉陪，應酬

例 彼女と付き合う。

譯 與她交往。

15 | デート【date】

(名・自サ) 日期，年月日；約會，幽會

例 私とデートする。

譯 跟我約會。

16 | であう【出会う】

(自五) 遇見，碰見，偶遇；約會，幽會；(顏色等)協調，相稱

例 彼女に出会った。

譯 與她相遇了。

17 | なか【仲】

(名) 交情；(人和人之間的)聯繫

例 あの二人は仲がいい。

譯 那兩位交情很好。

18 | パートナー【partner】

(名) 伙伴，合作者，合夥人；舞伴

例 いいパートナーになる。

譯 成為很好的工作伙伴。

19 | はなしあう【話し合う】

(自五) 對話，談話；商量，協商，談判

例 楽しく話し合う。

譯 相談甚歡。

20 | みおくり【見送り】

(名) 送行；靜觀，觀望；(棒球)放著好球不打

例 盛大な見送りを受けた。

譯 獲得盛大的送行。

21 | みおくる【見送る】

(他五) 目送；送行，送別；送終；觀望，等待(機會)

例 姉を見送る。

譯 目送姐姐。

22 | みかた【味方】

(名・自サ) 我方，自己的這一方；夥伴

例 いつも君の味方だ。

譯 我永遠站在你這邊。

01 | いったい【一体】　N3 ● 8

(名・副) 一體，同心合力；一種體裁；根本，本來；大致上；到底，究竟

例 夫婦一体となって働く。

譯 夫妻同心協力工作。

02 | いとこ【従兄弟・従姉妹】

(名) 堂表兄弟姊妹

例 従兄弟同士仲がいい。

譯 堂表兄弟姊妹感情良好。

03 | け【家】

(接尾) 家，家族

例 将軍家の生活を紹介する。

譯 介紹將軍一家（普通指德川一家）的生活狀況。

04 | だい【代】

(名・漢造) 代，輩；一生，一世；代價

例 代がかわる。

譯 世代交替。

05 | ちょうじょ【長女】

(名) 長女，大女兒

例 長女が生まれる。

譯 長女出生。

06 | ちょうなん【長男】

(名) 長子，大兒子

例 長男が生まれる。

譯 長男出生。

07 | ふうふ【夫婦】

(名) 夫婦，夫妻

例 夫婦になる。

譯 成為夫妻。

08 | まご【孫】

(名・造語) 孫子；隔代，間接

例 孫ができた。

譯 抱孫子了。

09 | みょうじ【名字・苗字】

(名) 姓，姓氏

例 結婚して名字が変わる。

譯 結婚後更改姓氏。

10 | めい【姪】

(名) 姪女，外甥女

例 今日は姪の誕生日だ。

譯 今天是姪子的生日。

11 | もち【持ち】

(接尾) 負擔，持有，持久性

例 彼は妻子持ちだ。

譯 他有家室。

12 | ゆらす【揺らす】

(他五) 搖擺，搖動

例 揺りかごを揺らす。

譯 推晃搖籃。

13 | りこん【離婚】

(名・自サ)（法）離婚

例 二人は離婚した。

譯 兩個人離婚了。

動物
- 動物 -

01 | うし【牛】　　　　　N3 ● 9

⒜ 牛

例 牛を飼う。

譯 養牛。

02 | うま【馬】

⒜ 馬

例 馬に乗る。

譯 騎馬。

03 | かう【飼う】

⒟ 飼養（動物等）

例 豚を飼う。

譯 養豬。

04 | せいぶつ【生物】

⒜ 生物

例 生物がいる。

譯 有生物生存。

05 | とう【頭】

接尾 （牛、馬等）頭

例 動物園には牛が一頭いる。

譯 動物園有一隻牛。

06 | わ【羽】

接尾 （數鳥或兔子）隻

例 鶏が一羽いる。

譯 有一隻雞。

01 | さくら【桜】　　　　N3 ● 10

名 (植)櫻花，櫻花樹；淡紅色

例 桜が咲く。

譯 櫻花開了。

---

02 | そば【蕎麦】

名 蕎麥；蕎麥麵

例 蕎麦を植える。

譯 種植蕎麥。

---

03 | はえる【生える】

自下一 (草，木)等生長

例 雑草が生えてきた。

譯 雜草長出來了。

---

04 | ひょうほん【標本】

名 標本；(統計)樣本；典型

例 植物の標本を作る。

譯 製作植物的標本。

---

05 | ひらく【開く】

自五·他五 綻放；開，拉開

例 花が開く。

譯 花兒綻放開來。

06 | フルーツ【fruits】

名 水果

例 フルーツジュースをよく飲んでいる。

譯 我常喝果汁。

パート 11 第十一章 物質
- 物質 -

11-1 物、物質 /
物、物質

01 | かがくはんのう【化学反応】

㈎ 化學反應

例 化学反応が起こる。

譯 起化學反應。

---

02 | こおり【氷】

㈎ 冰

例 氷が溶ける。

譯 冰融化。

---

03 | ダイヤモンド【diamond】

㈎ 鑽石

例 ダイヤモンドを買う。

譯 買鑽石。

---

04 | とかす【溶かす】

㈎ 溶解，化開，溶入

例 完全に溶かす。

譯 完全溶解。

---

05 | はい【灰】

㈎ 灰

例 タバコの灰が飛んできた。

譯 煙灰飄過來了。

---

06 | リサイクル【recycle】

㈎·サ変 回收，（廢物）再利用

例 牛乳パックをリサイクルする。

譯 回收牛奶盒。

11-2 エネルギー、燃料 /
能源、燃料

01 | エネルギー【(徳) energie】

㈎ 能量，能源，精力，氣力

例 エネルギーが不足する。

譯 能源不足。

---

02 | かわる【替わる】

㈎五 更換，交替

例 石油に替わる燃料を作る。

譯 製作替代石油的燃料。

---

03 | けむり【煙】

㈎ 煙

例 工場から煙が出ている。

譯 煙正從工廠冒出來。

---

04 | しげん【資源】

㈎ 資源

例 資源が少ない。

譯 資源不足。

---

05 | もやす【燃やす】

(他五) 燃燒；（把某種情感）燃燒起來，激起
例 落ち葉を燃やす。
譯 燒落葉。

11-3 原料、材料 /
原料、材料

01 | あさ【麻】

(名)（植物）麻，大麻；麻紗，麻布，麻纖維
例 麻の布で拭く。
譯 用麻布擦拭。

02 | ウール【wool】

(名) 羊毛，毛線，毛織品
例 ウールのセーターを出す。
譯 取出毛料的毛衣。

03 | きれる【切れる】

(自下一) 斷；用盡
例 糸が切れる。
譯 線斷掉。

04 | コットン【cotton】

(名) 棉，棉花；木棉，棉織品
例 下着はコットンしか着られない。
譯 內衣只能穿純棉製品。

05 | しつ【質】

(名) 質量；品質，素質；質地，實質；抵押品；真誠，樸實
例 質がいい。
譯 品質良好。

06 | シルク【silk】

(名) 絲，絲綢；生絲
例 シルクのドレスを買った。
譯 買了一件絲綢的洋裝。

07 | てっこう【鉄鋼】

(名) 鋼鐵
例 鉄鋼業が盛んだ。
譯 鋼鐵業興盛。

08 | ビニール【vinyl】

(名)（化）乙烯基；乙烯基樹脂；塑膠
例 野菜をビニール袋に入れた。
譯 把蔬菜放進了塑膠袋裡。

09 | プラスチック【plastic・plastics】

(名)（化）塑膠，塑料
例 プラスチック製の車を発表する。
譯 發表塑膠製的車子。

10 | ポリエステル【polyethylene】

(名)（化學）聚乙稀，人工纖維
例 ポリエステルの服を洗濯機に入れる。
譯 把人造纖維的衣服放入洗衣機。

11 | めん【綿】

(名・漢造) 棉，棉線；棉織品；綿長；詳盡；棉，棉花
例 綿のシャツを着る。
譯 穿棉襯衫。

天体、気象
- 天體、氣象 -

12-1 天体、気象、気候 /
天體、氣象、氣候

01 | あたる【当たる】
(自五・他五) 碰撞；擊中；合適；太陽照射；取暖， 吹(風)；接觸；(大致)位於；當…時候；(粗暴)對待
例 日が当たる。
譯 陽光照射。

02 | いじょうきしょう【異常気象】
(名) 氣候異常
例 異常気象が続いている。
譯 氣候異常正持續著。

03 | いんりょく【引力】
(名) 物體互相吸引的力量
例 引力が働く。
譯 引力產生作用。

04 | おんど【温度】
(名) (空氣等)溫度，熱度
例 温度が下がる。
譯 溫度下降。

05 | くれ【暮れ】
(名) 日暮，傍晚；季末，年末
例 日の暮れが早くなる。
譯 日落得早。

06 | しっけ【湿気】
(名) 濕氣
例 部屋の湿気が酷い。
譯 房間濕氣非常嚴重。

07 | しつど【湿度】
(名) 濕度
例 湿度が高い。
譯 濕度很高。

08 | たいよう【太陽】
(名) 太陽
例 太陽の光を浴びる。
譯 沐浴在陽光下。

09 | ちきゅう【地球】
(名) 地球
例 地球は 46 億年前に誕生した。
譯 地球誕生於四十六億年前。

10 | つゆ【梅雨】
(名) 梅雨；梅雨季
例 梅雨が明ける。
譯 梅雨期結束。

11 | のぼる【昇る】
(自五) 上升
例 太陽が昇る。

譯 太陽升起。

12 | ふかまる【深まる】

自五 加深，變深

例 秋が深まる。

譯 秋深。

13 | まっくら【真っ暗】

名・形動 漆黑；（前途）黯淡

例 真っ暗になる。

譯 變得漆黑。

14 | まぶしい【眩しい】

形 耀眼，刺眼的；華麗奪目的，鮮豔的，刺目

例 太陽が眩しかった。

譯 太陽很刺眼。

15 | むしあつい【蒸し暑い】

形 悶熱的

例 昼間は蒸し暑い。

譯 白天很悶熱。

16 | よ【夜】

名 夜、夜晚

例 夏の夜は短い。

譯 夏夜很短。

12-2 さまざまな自然現象 /
各種自然現象

01 | うまる【埋まる】

自五 被埋上；填滿，堵住；彌補，補齊

例 雪に埋まる。

譯 被雪覆蓋住。

02 | かび

名 霉

例 かびが生える。

譯 發霉。

03 | かわく【乾く】

自五 乾，乾燥

例 土が乾く。

譯 地面乾。

04 | すいてき【水滴】

名 水滴；（注水研墨用的）硯水壺

例 水滴が落ちた。

譯 水滴落下來。

05 | たえず【絶えず】

副 不斷地，經常地，不停地，連續

例 絶えず水が流れる。

譯 水源源不絕流出。

06 | ちらす【散らす】

他五・接尾 把…分散開，驅散；吹散，灑散；散佈，傳播；消腫

例 火花を散らす。

譯 吹散煙火。

07 | ちる【散る】

自五 凋謝，散漫，落；離散，分散；遍佈；消腫；渙散

例 桜が散った。

譯 櫻花飄落了。

08 | つもる【積もる】

(自五・他五) 積，堆積；累積；估計；計算；推測

例 雪が積もる。

譯 積雪。

09 | つよまる【強まる】

(自五) 強起來，加強，增強

例 風が強まった。

譯 風勢逐漸增強。

10 | とく【溶く】

(他五) 溶解，化開，溶入

例 お湯に溶く。

譯 用熱開水沖泡。

11 | とける【溶ける】

(自下一) 溶解，融化

例 水に溶けません。

譯 不溶於水。

12 | ながす【流す】

(他五) 使流動，沖走；使漂走；流(出)；放逐；使流產；傳播；洗掉(汙垢)；不放在心上

例 水を流す。

譯 沖水。

13 | ながれる【流れる】

(自下一) 流動；漂流；飄動；傳布；流逝；流浪；(壞的)傾向；流產；作罷；偏離目標；瀰漫；降落

例 汗が流れる。

譯 流汗。

14 | なる【鳴る】

(自五) 響，叫；聞名

例 ベルが鳴る。

譯 鈴聲響起。

15 | はずれる【外れる】

(自下一) 脫落，掉下；(希望)落空，不合(道理)；離開(某一範圍)

例 ボタンが外れる。

譯 鈕釦脫落。

16 | はる【張る】

(自五・他五) 延伸，伸展；覆蓋；膨脹，負擔過重；展平，擴張；設置，布置

例 池に氷が張る。

譯 池塘都結了一層薄冰。

17 | ひがい【被害】

(名) 受害，損失

例 被害がひどい。

譯 受災嚴重。

18 | まわり【回り】

(名・接尾) 轉動；走訪，巡迴；周圍；周，圈

例 火の回りが速い。

譯 火蔓延得快。

19 | もえる【燃える】

(自下一) 燃燒，起火；(轉)熱情洋溢，滿懷希望；(轉)顏色鮮明

例 怒りに燃える。

譯 怒火中燒。

20 | やぶれる【破れる】

(自下一) 破損，損傷；破壞，破裂，被打破；
失敗

例 紙が破れる。

譯 紙破了。

21 | ゆれる【揺れる】

(自下一) 搖晃，搖動；躊躇

例 船が揺れる。

譯 船在搖晃。

地理、場所

- 地理、地方 -

13-1 地理 /
地理

01 | あな【穴】

⊛ 孔，洞，窟窿；坑；穴，窩；礦井；
藏匿處；缺點；虧空

例 穴に入る。

譯 鑽進洞裡。

02 | きゅうりょう【丘陵】

⊛ 丘陵

例 丘陵を歩く。

譯 走在山岡上。

03 | こ【湖】

接尾 湖

例 琵琶湖に張っていた氷が溶けた。

譯 在琵琶湖面上凍結的冰層融解了。

04 | こう【港】

漢造 港口

例 神戸港まで 30 分で着く。

譯 三十分鐘就可以抵達神戸港。

05 | こきょう【故郷】

⊛ 故鄉，家鄉，出生地

例 故鄉を離れる。

譯 離開故鄉。

06 | さか【坂】

⊛ 斜面，坡道；（比喻人生或工作的關
鍵時刻）大關，陡坡

例 坂を上る。

譯 爬上坡。

07 | さん【山】

接尾 山；寺院，寺院的山號

例 富士山に登る。

譯 爬富士山。

08 | しぜん【自然】

名・形動・副 自然，天然；大自然，自然界；
自然地

例 自然が豊かだ。

譯 擁有豐富的自然資源。

09 | じばん【地盤】

⊛ 地基，地面；地盤，勢力範圍

例 地盤が強い。

譯 地基強固。

10 | わん【湾】

⊛ 灣，海灣

例 東京湾にもたくさんの魚がいる。

譯 東京灣也有很多魚。

13-2 場所、空間 /
地方、空間

13-3 地域、範囲 /
地域、範圍

---

01 | あける【空ける】

(他下一) 倒出，空出；騰出(時間)

例 会議室を空ける。

譯 空出會議室。

---

02 | くう【空】

(名・形動・漢造) 空中，空間；空虛

例 空に消える。

譯 消失在空中。

---

03 | そこ【底】

(名) 底，底子；最低處，限度；底層，深處；邊際，極限

例 海の底に沈んだ。

譯 沉入海底。

---

04 | ちほう【地方】

(名) 地方，地區；(相對首都與大城市而言的)地方，外地

例 地方から全国へ広がる。

譯 從地方蔓延到全國。

---

05 | どこか

(連語) 哪裡是，豈止，非但

例 どこか暖かい国へ行きたい。

譯 想去暖活的國家。

---

06 | はたけ【畑】

(名) 田地，旱田；專業的領域

例 畑の野菜を採る。

譯 採收田裡的蔬菜。

---

01 | あたり【辺り】

(名・造語) 附近，一帶；之類，左右

例 あたりを見回す。

譯 環視周圍。

---

02 | かこむ【囲む】

(他五) 圍上，包圍；圍攻

例 自然に囲まれる。

譯 沐浴在大自然之中。

---

03 | かんきょう【環境】

(名) 環境

例 環境が変わる。

譯 環境改變。

---

04 | きこく【帰国】

(名・自サ) 回國，歸國；回到家鄉

例 夏に帰国する。

譯 夏天回國。

---

05 | きんじょ【近所】

(名) 附近，左近，近郊

例 近所で工事が行われる。

譯 這附近將會施工。

---

06 | コース【course】

(名) 路線，(前進的)路徑；跑道：課程，學程：程序：套餐

例 コースを変える。

譯 改變路線。

---

07 | しゅう【州】

名 大陸，州

例 州によって法律が違う。

譯 每一州的法律各自不同。

08 | しゅっしん【出身】

名 出生（地），籍貫；出身；畢業於…

例 彼女は東京の出身だ。

譯 她出生於東京。

09 | しょ【所】

漢造 處所，地點；特定地

例 次の場所へ行く。

譯 前往到下一個地方。

10 | しょ【諸】

漢造 諸

例 欧米諸国を旅行する。

譯 旅行歐美各國。

11 | せけん【世間】

名 世上，社會上；世人；社會輿論；（交際活動的）範圍

例 世間を広げる。

譯 交遊廣闊。

12 | ちか【地下】

名 地下；陰間；（政府或組織）地下，秘密（組織）

例 地下に眠る。

譯 沉睡在地底下。

13 | ちく【地区】

名 地區

例 この地区は古い家が残っている。

譯 此地區留存著許多老房子。

14 | ちゅうしん【中心】

名 中心，當中；中心，重點，焦點；中心地，中心人物

例 Aを中心とする。

譯 以A為中心。

15 | とうよう【東洋】

名 （地）亞洲；東洋，東方（亞洲東部和東南部的總稱）

例 東洋文化を研究する。

譯 研究東洋文化。

16 | ところどころ【所々】

名 處處，各處，到處都是

例 所々に間違いがある。

譯 有些地方錯了。

17 | とし【都市】

名 都市，城市

例 東京は日本で一番大きい都市だ。

譯 東京是日本最大的都市。

18 | ない【内】

漢造 內，裡頭；家裡；內部

例 校内で走るな。

譯 校內嚴禁奔跑。

19 | はなれる【離れる】

自下一 離開，分開；離去；距離，相隔；

脱離（關係），背離
例 故郷を離れる。
譯 離開家鄉。

20 | はんい【範囲】

名 範圍，界線
例 広い範囲に渡る。
譯 範圍遍佈極廣。

21 | ひろまる【広まる】

自五 （範圍）擴大；傳播，遍及
例 話が広まる。
譯 事情漸漸傳開。

22 | ひろめる【広める】

他下一 擴大，增廣；普及，推廣；披漏，宣揚
例 知識を広める。
譯 普及知識。

23 | ぶ【部】

名·漢造 部分；部門；冊
例 一部の人だけが悩んでいる。
譯 只有部分的人在煩惱。

24 | ふうぞく【風俗】

名 風俗；服裝，打扮；社會道德
例 地方の風俗を紹介する。
譯 介紹地方的風俗。

25 | ふもと【麓】

名 山腳
例 富士山の麓に広がる。

譯 蔓延到富士山下。

26 | まわり【周り】

名 周圍，周邊
例 周りの人が驚いた。
譯 周圍的人嚇了一跳。

27 | よのなか【世の中】

名 人世間，社會；時代，時期；男女之情
例 世の中の動きを知る。
譯 知曉社會的變化。

28 | りょう【領】

名·接尾·漢造 領土；脖領；首領
例 日本領を犯す。
譯 侵犯日本領土。

13-4 方向、位置 /
方向、位置

01 | か【下】

漢造 下面；屬下；低下；下，降
例 上学年と下学年に分ける。
譯 分為上半學年跟下半學年。

02 | かしょ【箇所】

名·接尾 （特定的）地方；（助數詞）處
例 一箇所間違える。
譯 一個地方錯了。

03 | くだり【下り】

(名) 下降的；東京往各地的列車

例 下りの列車に乗る。

譯 搭乘南下的列車。

04 | くだる【下る】

(自五) 下降，下去；下野，脱離公職；由中央到地方；下達；往河的下游去

例 川を下る。

譯 順流而下。

05 | しょうめん【正面】

(名) 正面；對面；直接，面對面

例 建物の正面から入る。

譯 從建築物的正面進入。

06 | しるし【印】

(名) 記號，符號；象徵(物)，標記；徽章；(心意的)表示；紀念(品)；商標

例 大事な所に印をつける。

譯 重要處蓋上印章。

07 | すすむ【進む】

(自五・接尾) 進，前進；進步，先進；進展；升級，進級；升入，進入，到達；繼續下去

例 ゆっくりと進んだ。

譯 緩慢地前進。

08 | すすめる【進める】

(他下一) 使向前推進，使前進；推進，發展，開展；進行，舉行；提升，晉級；增進，使旺盛

例 計画を進める。

譯 進行計畫。

09 | ちかづく【近づく】

(自五) 臨近，靠近；接近，交往；幾乎，近似

例 目的地に近付く。

譯 接近目的地。

10 | つきあたり【突き当たり】

(名) (道路的)盡頭

例 廊下の突き当たりまで歩く。

譯 走到走廊的盡頭。

11 | てん【点】

(名) 點；方面；(得)分

例 その点について説明する。

譯 關於那一點容我進行說明。

12 | とじょう【途上】

(名) (文)路上；中途

例 通学の途上、祖母に会った。

譯 去學校的途中遇到奶奶。

13 | ななめ【斜め】

(名・形動) 斜，傾斜；不一般，不同往常

例 斜めになっていた。

譯 歪了。

14 | のぼる【上る】

(自五) 進京；晉級，高昇；(數量)達到，高達

例 階段を上る。

譯 爬樓梯。

15 | はし【端】

(名) 開端，開始；邊緣；零頭，片段；開始，盡頭

例 道の端を歩く。

譯 走在路的兩旁。

16 | ふたて【二手】

(名) 兩路

例 二手に分かれる。

譯 兵分兩路。

17 | むかい【向かい】

(名) 正對面

例 駅の向かいにある。

譯 在車站的對面。

18 | むき【向き】

(名) 方向；適合，合乎；認真，慎重其事；傾向，趨向；（該方面的）人，人們

例 向きが変わる。

譯 轉變方向。

19 | むく【向く】

(自五・他五) 朝，向，面；傾向，趨向；適合；面向，著

例 気の向くままにやる。

譯 隨心所欲地做。

20 | むける【向ける】

(自他下一) 向，朝，對；差遣，派遣；撥用，用在

例 銃を男に向けた。

譯 槍指向男人。

21 | もくてきち【目的地】

(名) 目的地

例 目的地に着く。

譯 抵達目的地。

22 | よる【寄る】

(自五) 順道去…；接近

例 喫茶店に寄る。

譯 順道去咖啡店。

23 | りょう【両】

(漢造) 雙，兩

例 川の両岸に桜が咲く。

譯 河川的兩岸櫻花綻放著。

24 | りょうがわ【両側】

(名) 兩邊，兩側，兩方面

例 道の両側に寄せる。

譯 使靠道路兩旁。

施設、機関

-設施、機關單位-

14-1 施設、機関 /
設施、機關單位

01 | かん【館】

漢造 旅館；大建築物或商店
例 博物館を見学する。
譯 參觀博物館。

02 | くやくしょ【区役所】

名 （東京都特別區與政令指定都市所屬的）區公所
例 区役所で働く。
譯 在區公所工作。

03 | けいさつしょ【警察署】

名 警察署
例 警察署に連れて行かれる。
譯 被帶去警局。

04 | こうみんかん【公民館】

名 （市町村等的）文化館，活動中心
例 公民館で茶道の教室がある。
譯 公民活動中心裡設有茶道的課程。

05 | しやくしょ【市役所】

名 市政府，市政廳
例 市役所に勤めている。
譯 在市公所工作。

06 | じょう【場】

名・漢造 場，場所；場面
例 会場を片付ける。
譯 整理會場。

07 | しょうぼうしょ【消防署】

名 消防局，消防署
例 消防署に連絡する。
譯 聯絡消防局。

08 | にゅうこくかんりきょく【入国管理局】

名 入國管理局
例 入国管理局にビザを申請する。
譯 在入國管理局申請了簽證。

09 | ほけんじょ【保健所】

名 保健所，衛生所
例 保健所で健康診断を受ける。
譯 在衛生所做健康檢查。

14-2 いろいろな施設 /
各種設施

01 | えん【園】

接尾 園
例 弟は幼稚園に通っている。
譯 弟弟上幼稚園。

02｜げきじょう【劇場】

图 劇院，劇場，電影院
例 劇場_{げきじょう}へ行_いく。
譯 去劇場。

03｜じ【寺】

漢造 寺
例 金閣寺_{きんかくじ}には金閣_{きんかく}、銀閣寺_{ぎんかくじ}には銀閣_{ぎんかく}
がある。
譯 金閣寺有金閣，銀閣寺有銀閣。

04｜はくぶつかん【博物館】

图 博物館，博物院
例 博物館_{はくぶつかん}を楽_{たの}しむ。
譯 到博物館欣賞。

05｜ふろや【風呂屋】

图 浴池，澡堂
例 風呂屋_{ふろや}に行_いく。
譯 去澡堂。

06｜ホール【hall】

图 大廳；舞廳；（有舞台與觀眾席的）會場
例 新_{あたら}しいホールをオープンする。
譯 新的禮堂開幕了。

07｜ほいくえん【保育園】

图 幼稚園，保育園
例 2歳_{さい}から保育園_{ほいくえん}に行_いく。
譯 從兩歲起就讀育幼園。

14-3 店／
商店

14
設施、機關單位

01｜あつまり【集まり】

图 集會，會合；收集（的情況）
例 客_{きゃく}の集_{あつ}まりが悪_{わる}い。
譯 上門顧客不多。

02｜オープン【open】

名・自他サ・形動 開放，公開；無蓋，敞篷；
露天，野外
例 3月_{がつ}にオープンする。
譯 於三月開幕。

03｜コンビニ（エンスストア）【convenience store】

图 便利商店
例 コンビニで買_かう。
譯 在便利商店買。

04｜（じどう）けんばいき【（自動）券売機】

图 （門票、車票等）自動售票機
例 自動券売機_{じどうけんばいき}で買_かう。
譯 於自動販賣機購買。

05｜しょうばい【商売】

名・自サ 經商，買賣，生意；職業，行業
例 商売_{しょうばい}がうまくいく。
譯 生意順利。

06 | チケット【ticket】

名 票，券；車票；入場券；機票

例 コンサートのチケットを買う。

譯 買票。

07 | ちゅうもん【注文】

名・他サ 點餐，訂貨，訂購；希望，要求，願望

例 パスタを注文した。

譯 點了義大利麵。

08 | バーゲンセール【bargain sale】

名 廉價出售，大拍賣

例 バーゲンセールが始まった。

譯 開始大拍賣囉。

09 | ばいてん【売店】

名 （車站等）小賣店

例 駅の売店で新聞を買う。

譯 在車站的小賣店買報紙。

10 | ばん【番】

名・接尾・漢造 輪班；看守，守衛；（表順序與號碼）第…號；（交替）順序，次序

例 店の番をする。

譯 照看店鋪。

14-4 団体、会社 /
團體、公司行號

01 | かい【会】

名 會，會議，集會

例 会に入る。

譯 入會。

02 | しゃ【社】

名・漢造 公司，報社（的簡稱）；社會團體；組織；寺院

例 新聞社に就職する。

譯 在報社上班。

03 | つぶす【潰す】

他五 毀壞，弄碎，熔毀，熔化；消磨，消耗；宰殺；堵死，填滿

例 会社を潰す。

譯 讓公司倒閉。

04 | とうさん【倒産】

名・自サ 破產，倒閉

例 激しい競争に負けて倒産した。

譯 在激烈競爭裡落敗而倒閉了。

05 | ほうもん【訪問】

名・他サ 訪問，拜訪

例 会社を訪問する。

譯 訪問公司。

パート 15 交通
第十五章
- 交通 -

15-1 交通、運輸 /
交通、運輸

01 | いき・ゆき【行き】
名 去，往
例 東京行きの列車が来た。
譯 開往東京的列車進站了。

02 | おろす【下ろす・降ろす】
他五 （從高處）取下，拿下，降下，弄下；
開始使用（新東西）；砍下
例 車から荷物を降ろす。
譯 從卡車上卸下貨。

03 | かたみち【片道】
名 單程，單方面
例 片道の電車賃をもらう。
譯 取得單程的電車費。

04 | けいゆ【経由】
名・自サ 經過，經由
例 新宿経由で東京へ行く。
譯 經新宿到東京。

05 | しゃ【車】
名・接尾・漢造 車；（助數詞）車，輛，車廂
例 電車に乗る。
譯 搭電車。

06 | じゅうたい【渋滞】
名・自サ 停滯不前，遲滯，阻塞
例 道が渋滞している。
譯 路上塞車。

07 | しょうとつ【衝突】
名・自サ 撞，衝撞，碰上；矛盾，不一致；
衝突
例 車が壁に衝突した。
譯 車子撞上了牆壁。

08 | しんごう【信号】
名・自サ 信號，燈號；（鐵路、道路等的）
號誌；暗號
例 信号が変わる。
譯 燈號改變。

09 | スピード【speed】
名 快速，迅速；速度
例 スピードを上げる。
譯 加速，加快。

10 | そくど【速度】
名 速度
例 速度を上げる。
譯 加快速度。

11 | ダイヤ【diamond・diagram 之略】

㊂ 鑽石(「ダイヤモンド」之略稱);列車時刻表;圖表,圖解(「ダイヤグラム」之略稱)

例 大雪でダイヤが乱れる。

譯 交通因大雪而陷入混亂。

12 | たかめる【高める】

㊂下一 提高,抬高,加高

例 安全性を高める。

譯 加強安全性。

13 | たつ【発つ】

㊀五 立,站;冒,升;離開;出發;奮起;飛,飛走

例 9時の列車で発つ。

譯 坐九點的火車離開。

14 | ちかみち【近道】

㊂ 捷徑,近路

例 学問に近道はない。

譯 學問沒有捷徑。

15 | ていきけん【定期券】

㊂ 定期車票;月票

例 定期券を申し込む。

譯 申請定期車票。

16 | ていりゅうじょ【停留所】

㊂ 公車站;電車站

例 バスの停留所で待つ。

譯 在公車站等車。

17 | とおりこす【通り越す】

㊀五 通過,越過

例 バス停を通り越す。

譯 錯過了下車的公車站牌。

18 | とおる【通る】

㊀五 經過;穿過;合格

例 左側を通る。

譯 往左側走路。

19 | とっきゅう【特急】

㊂ 火速;特急列車(「特別急行」之略稱)

例 特急で東京へたつ。

譯 坐特快車前往東京。

20 | とばす【飛ばす】

㊂五・接尾 使…飛,使飛起;(風等)吹起,吹跑;飛濺,濺起

例 バイクを飛ばす。

譯 飆摩托車。

21 | ドライブ【drive】

㊂・㊀サ 開車遊玩;兜風

例 ドライブに出かける。

譯 開車出去兜風。

22 | のせる【乗せる】

㊂下一 放在高處,放到…;裝載;使搭乘;使參加;騙人,誘拐;記載,刊登;合著音樂的拍子或節奏

例 子供を車に乗せる。

譯 讓小孩上車。

23 | ブレーキ【brake】

名 煞車；制止，控制，潑冷水

例 ブレーキをかける。

譯 踩煞車。

24 | めんきょ【免許】

名·他サ (政府機關)批准，許可；許可證，執照；傳授秘訣

例 車の免許を取る。

譯 考到汽車駕照。

25 | ラッシュ【rush】

名 (眾人往同一處)湧現；蜂擁，熱潮

例 帰省ラッシュで込んでいる。

譯 因返鄉人潮而擁擠。

26 | ラッシュアワー【rushhour】

名 尖峰時刻，擁擠時段

例 ラッシュアワーに遇う。

譯 遇上交通尖峰。

27 | ロケット【rocket】

名 火箭發動機；(軍)火箭彈；狼煙火箭

例 ロケットで飛ぶ。

譯 乘火箭飛行。

N3 ● 15-2

15-2 鉄道、船、飛行機 /
鐵路、船隻、飛機

01 | かいさつぐち【改札口】

名 (火車站等)剪票口

例 改札口を出る。

譯 出剪票口。

02 | かいそく【快速】

名·形動 快速，高速度

例 快速電車に乗る。

譯 搭乘快速電車。

03 | かくえきていしゃ【各駅停車】

名 指電車各站都停車，普通車

例 各駅停車の電車に乗る。

譯 搭乘各站停車的列車。

04 | きゅうこう【急行】

名·自サ 急忙前往，急趕；急行列車

例 急行に乗る。

譯 搭急行電車。

05 | こむ【込む・混む】

自五·接尾 擁擠，混雜；費事，精緻，複雜；表進入的意思；表深入或持續到極限

例 電車が込む。

譯 電車擁擠。

06 | こんざつ【混雑】

名·自サ 混亂，混雜，混染

例 混雑を避ける。

譯 避免混亂。

07 | ジェットき【jet 機】

名 噴氣式飛機，噴射機

例 ジェット機に乗る。

譯 乘坐噴射機。

08 | しんかんせん【新幹線】

(名) 日本鐵道新幹線

例 新幹線に乗る。

譯 搭新幹線。

09 | つなげる【繋げる】

(他五) 連接，維繫

例 船を港に繋げる。

譯 把船綁在港口。

10 | とくべつきゅうこう【特別急行】

(名) 特別快車，特快車

例 特別急行が遅れた。

譯 特快車誤點了。

11 | のぼり【上り】

(名)（「のぼる」的名詞形）登上，攀登；上坡（路）；上行列車（從地方往首都方向的列車）；進京

例 上り電車が到着した。

譯 上行的電車已抵達。

12 | のりかえ【乗り換え】

(名) 換乘，改乘，改搭

例 次の駅で乗り換える。

譯 在下一站轉乘。

13 | のりこし【乗り越し】

(名・自サ)（車）坐過站

例 乗り越した分を払う。

譯 支付坐過站的份。

14 | ふみきり【踏切】

(名)（鐵路的）平交道，道口；（轉）決心

例 踏切を渡る。

譯 過平交道。

15 | プラットホーム【platform】

(名) 月台

例 プラットホームを出る。

譯 走出月台。

16 | ホーム【platform 之略】

(名) 月台

例 ホームから手を振る。

譯 在月台招手。

17 | まにあう【間に合う】

(自五) 來得及，趕得上；夠用

例 終電に間に合う。

譯 趕上末班車。

18 | むかえ【迎え】

(名) 迎接；去迎接的人；接，請

例 空港まで迎えに行く。

譯 迎接機。

19 | れっしゃ【列車】

(名) 列車，火車

例 列車が着く。

譯 列車到站。

15-3 自動車、道路 /
汽車、道路

01 | かわる【代わる】

自五 代替，代理，代理

例 運転を代わる。

譯 交替駕駛。

02 | つむ【積む】

自五・他五 累積，堆積；裝載；積蓄，積累

例 トラックに積んだ。

譯 裝到卡車上。

03 | どうろ【道路】

名 道路

例 道路が混雑する。

譯 道路擁擠。

04 | とおり【通り】

名 大街，馬路；通行，流通

例 広い通りに出る。

譯 走到大馬路。

05 | バイク【bike】

名 腳踏車；摩托車（「モーターバイク」之略稱）

例 バイクで旅行したい。

譯 想騎機車旅行。

06 | バン【van】

名 大篷貨車

例 新型のバンがほしい。

譯 想要有一台新型貨車。

07 | ぶつける

他下一 扔，投；碰，撞，（偶然）碰上，遇上；正當，恰逢；衝突，矛盾

例 車をぶつける。

譯 撞上了車。

08 | レンタル【rental】

名・サ変 出租，出賃；租金

例 車をレンタルする。

譯 租車。

15

交通

通信、報道

- 通訊、報導 -

16-1 通信、電話、郵便 /
通訊、電話、郵件

01 | あてな【宛名】

名 收信(件)人的姓名住址

例 手紙の宛名を書く。

譯 寫收件人姓名。

02 | インターネット【internet】

名 網路

例 インターネットに繋がる。

譯 連接網路。

03 | かきとめ【書留】

名 掛號郵件

例 書留で郵送する。

譯 用掛號信郵寄。

04 | こうくうびん【航空便】

名 航空郵件；空運

例 航空便で送る。

譯 用空運運送。

05 | こづつみ【小包】

名 小包裹；包裹

例 小包を出す。

譯 寄包裹。

06 | そくたつ【速達】

名・自他サ 快速信件

例 速達で送る。

譯 寄快遞。

07 | たくはいびん【宅配便】

名 宅急便

例 宅配便が届く。

譯 收到宅配包裹。

08 | つうじる・つうずる【通じる・通ずる】

自上一・他上一 通；通到，通往；通曉，精通；明白，理解；使…通；在整個期間內

例 電話が通じる。

譯 通電話。

09 | つながる【繋がる】

自五 相連，連接，聯繫；(人)排隊，排列；有(血緣、親屬)關係，牽連

例 電話が繋がった。

譯 電話接通了。

10 | とどく【届く】

自五 及，達到；(送東西)到達；周到；達到(希望)

例 手紙が届いた。

譯 收到信。

11 | ふなびん【船便】

(名) 船運
例 船便で送る。
譯 用船運過去。

12 | やりとり【やり取り】

(名・他サ) 交換，互換，授受
例 手紙のやり取りをする。
譯 書信來往。

13 | ゆうそう【郵送】

(名・他サ) 郵寄
例 原稿を郵送する。
譯 郵寄稿件。

14 | ゆうびん【郵便】

(名) 郵政；郵件
例 郵便が来る。
譯 寄來郵件。

16-2 伝達、通知、情報 /
傳達、告知、信息

01 | アンケート【(法) enquête】

(名) (以同樣內容對多數人的)問卷調查，民意測驗
例 アンケートをとる。
譯 問卷調查。

02 | こうこく【広告】

(名・他サ) 廣告；作廣告，廣告宣傳
例 広告を出す。
譯 拍廣告。

03 | しらせ【知らせ】

(名) 通知；預兆，前兆
例 知らせが来た。
譯 通知送來了。

04 | せんでん【宣伝】

(名・自他サ) 宣傳，廣告；吹噓，鼓吹，誇大其詞
例 製品を宣伝する。
譯 宣傳產品。

05 | のせる【載せる】

(他下一) 放在…上，放在高處；裝載，裝運；納入，使參加；欺騙；刊登，刊載
例 新聞に公告を載せる。
譯 在報上刊登廣告。

06 | はやる【流行る】

(自五) 流行，時興；興旺，時運佳
例 ヨガダイエットが流行っている。
譯 流行瑜珈減肥。

07 | ふきゅう【普及】

(名・自サ) 普及
例 テレビが普及している。
譯 電視普及。

08 | ブログ【blog】

(名) 部落格
例 ブログを作る。
譯 架設部落格。

09 | ホームページ【homepage】

名 網站，網站首頁

例 ホームページを作る。

譯 架設網站。

10 | よせる【寄せる】

自下一・他下一 靠近，移近；聚集，匯集，集中；加；投靠，寄身

例 意見をお寄せください。

譯 集中大家的意見。

16-3 報道、放送 /
報導、廣播

01 | アナウンス【announce】

名・他サ 廣播；報告；通知

例 選手の名前をアナウンスする。

譯 廣播選手的名字。

02 | インタビュー【interview】

名・自サ 會面，接見；訪問，採訪

例 インタビューを始める。

譯 開始採訪。

03 | きじ【記事】

名 報導，記事

例 新聞記事に載る。

譯 報導刊登在報上。

04 | じょうほう【情報】

名 情報，信息

例 情報を得る。

譯 獲得情報。

05 | スポーツちゅうけい【スポーツ中継】

名 體育（競賽）直播，轉播

例 スポーツ中継を見た。

譯 看了現場直播的運動比賽。

06 | ちょうかん【朝刊】

名 早報

例 毎朝朝刊を読む。

譯 每天早上讀早報。

07 | テレビばんぐみ【television 番組】

名 電視節目

例 テレビ番組を録画する。

譯 錄下電視節目。

08 | ドキュメンタリー【documentary】

名 紀錄，紀實；紀錄片

例 ドキュメンタリー映画が作られていた。

譯 拍攝成紀錄片。

09 | マスコミ【mass communication 之略】

名 （透過報紙、廣告、電視或電影等向群眾進行的）大規模宣傳；媒體（「マスコミュニケーション」之略稱）

例 マスコミに追われている。

譯 蜂擁而上的採訪媒體。

10 | ゆうかん【夕刊】

名 晚報

例 夕刊を取る。

譯 訂閱晚報。

17-1 スポーツ /
體育運動

01｜オリンピック【Olympics】

名 奧林匹克

例 オリンピックに出る。

譯 參加奧運。

02｜きろく【記録】

名・他サ 記録，記載，(體育比賽的)紀錄

例 記録をとる。

譯 做記録。

03｜しょうひ【消費】

名・他サ 消費，耗費

例 カロリーを消費する。

譯 消耗卡路里。

04｜スキー【ski】

名 滑雪；滑雪橇，滑雪板

例 スキーに行く。

譯 去滑雪。

05｜チーム【team】

名 組，團隊；(體育)隊

例 チームを作る。

譯 組織團隊。

06｜とぶ【跳ぶ】

自五 跳，跳起；跳過(順序、號碼等)

例 跳び箱を跳ぶ。

譯 跳過跳箱。

07｜トレーニング【training】

名・他サ 訓練，練習

例 週二日トレーニングをしている。

譯 每週鍛鍊身體兩次。

08｜バレエ【ballet】

名 芭蕾舞

例 バレエを習う。

譯 學習芭蕾舞。

17-2 試合 /
比賽

01｜あらそう【争う】

他五 爭奪；爭辯；奮鬥，對抗，競爭

例 相手チームと一位を争う。

譯 與競爭隊伍爭奪冠軍。

02｜おうえん【応援】

名・他サ 援助，支援；聲援，助威

例 試合を応援する。

譯 為比賽加油。

03 | かち【勝ち】

(名) 勝利
例 勝ちを得る。
譯 獲勝。

04 | かつやく【活躍】

(名・自サ) 活躍
例 試合で活躍する。
譯 在比賽中很活躍。

05 | かんぜん【完全】

(名・形動) 完全，完整；完美，圓滿
例 完全な勝利を信じる。
譯 相信將能得到完美的獲勝。

06 | きん【金】

(名・漢造) 黃金，金子；金錢
例 金メダルを取る。
譯 獲得金牌。

07 | しょう【勝】

(漢造) 勝利；名勝
例 勝利を得た。
譯 獲勝。

08 | たい【対】

(名・漢造) 對比，對方，同等，對等；相對，相向；(比賽)比；面對
例 ３対１で、白組の勝ちだ。
譯 以三比一的結果由白隊獲勝。

09 | はげしい【激しい】

(形) 激烈，劇烈；(程度上)很高，厲害；

熱烈
例 競争が激しい。
譯 競爭激烈。

17-3 球技、陸上競技 /
球類、田徑賽

01 | ける【蹴る】

(他五) 踢；沖破(浪等)；拒絕，駁回
例 ボールを蹴る。
譯 踢球。

02 | たま【球】

(名) 球
例 球を打つ。
譯 打球。

03 | トラック【track】

(名) (操場、運動場、賽馬場的)跑道
例 トラックを一周する。
譯 繞跑道跑一圈。

04 | ボール【ball】

(名) 球；(棒球)壞球
例 サッカーボールを追いかける。
譯 追足球。

05 | ラケット【racket】

(名) (網球、乒乓球等的)球拍
例 ラケットを張りかえた。
譯 重換網球拍。

パート
18
第十八章

趣味、娯楽

- 愛好、嗜好、娛樂 -

01｜アニメ【animation】 N3 ● 18

名 卡通，動畫片

例 アニメが放送される。

譯 播映卡通。

02｜かるた【carta・歌留多】

名 紙牌；寫有日本和歌的紙牌

例 歌留多で遊ぶ。

譯 玩日本紙牌。

03｜かんこう【観光】

名・他サ 觀光，遊覽，旅遊

例 観光の名所を紹介する。

譯 介紹觀光勝地。

04｜クイズ【quiz】

名 回答比賽，猜謎；考試

例 クイズ番組に参加する。

譯 參加益智節目。

05｜くじ【籤】

名 籤；抽籤

例 籤で決める。

譯 用抽籤方式決定。

06｜ゲーム【game】

名 遊戲，娛樂；比賽

例 ゲームで負ける。

譯 遊戲比賽比輸。

07｜ドラマ【drama】

名 劇；連戲劇；戲劇；劇本；戲劇文學；(轉)戲劇性的事件

例 大河ドラマを放送する。

譯 播放大河劇。

08｜トランプ【trump】

名 撲克牌

例 トランプを切る。

譯 洗牌。

09｜ハイキング【hiking】

名 健行，遠足

例 鎌倉へハイキングに行く。

譯 到鎌倉去健行。

10｜はく・ぱく【泊】

接尾 宿，過夜；停泊

例 京都に一泊する。

譯 在京都住一晚。

11｜バラエティー【variety】

名 多樣化，豐富多變；綜藝節目(「バラエティーショー」之略稱)

例 バラエティーに富んだ。

譯 豐富多樣。

12 | ピクニック【picnic】

㊟ 郊遊，野餐

例 ピクニックに行く。

譯 去野餐。

19-1 芸術、絵画、彫刻 /
藝術、繪畫、雕刻

01 | えがく【描く】
(他五) 畫，描繪；以…為形式，描寫；想像
例 人物を描く。
譯 畫人物。

02 | かい【会】
(接尾) …會
例 展覧会が終わる。
譯 展覽會結束。

03 | げいじゅつ【芸術】
(名) 藝術
例 芸術がわからない。
譯 不懂藝術。

04 | さくひん【作品】
(名) 製成品；(藝術)作品，(特指文藝方面)創作
例 作品に題をつける。
譯 取作品的名稱。

05 | し【詩】
(名·漢造) 詩，詩歌
例 詩を作る。
譯 作詩。

06 | しゅつじょう【出場】
(名·自サ) (參加比賽)上場，入場；出站，走出場
例 コンクールに出場する。
譯 參加比賽。

07 | デザイン【design】
(名·自他サ) 設計(圖)；(製作)圖案
例 制服をデザインする。
譯 設計制服。

08 | びじゅつ【美術】
(名) 美術
例 美術の研究を深める。
譯 深入研究美術。

19-2 音楽 /
音樂

01 | えんか【演歌】
(名) 演歌(現多指日本民間特有曲調哀愁的民謠)
例 演歌歌手になる。
譯 成為演歌歌手。

02 | えんそう【演奏】
(名·他サ) 演奏
例 音楽を演奏する。
譯 演奏音樂。

03 | か【歌】

(漢造) 唱歌；歌詞

例 演歌を歌う。

譯 唱傳統歌謠。

04 | きょく【曲】

(名・漢造) 曲調；歌曲；彎曲

例 歌詞に曲をつける。

譯 為歌詞譜曲。

05 | クラシック【classic】

(名) 經典作品，古典作品，古典音樂；古典的

例 クラシックのレコードを聴く。

譯 聽古典音樂唱片。

06 | ジャズ【jazz】

(名・自サ) (樂)爵士音樂

例 ジャズのレコードを集める。

譯 收集爵士唱片。

07 | バイオリン【violin】

(名) (樂)小提琴

例 バイオリンを弾く。

譯 拉小提琴。

08 | ポップス【pops】

(名) 流行歌，通俗歌曲(「ポピュラーミュージック」之略稱)

例 80 年代のポップスが懐かしい。

譯 八〇年代的流行歌很叫人懷念。

19-3 演劇、舞踊、映画 /
戲劇、舞蹈、電影

01 | アクション【action】

(名) 行動，動作；(劇)格鬥等演技

例 アクションドラマが人気だ。

譯 動作片很紅。

02 | エスエフ (SF)【science fiction】

(名) 科學幻想

例 SF 映画を見る。

譯 看科幻電影。

03 | えんげき【演劇】

(名) 演劇，戲劇

例 演劇の練習をする。

譯 排演戲劇。

04 | オペラ【opera】

(名) 歌劇

例 妻とオペラを観る。

譯 與妻子觀看歌劇。

05 | か【化】

(漢造) 化學的簡稱；變化

例 小説を映画化する。

譯 把小説改成電影。

06 | かげき【歌劇】

(名) 歌劇

例 歌劇に夢中になる。

譯 沈迷於歌劇。

07 | コメディー【comedy】

名 喜劇

例 コメディー映画が好きだ。

譯 喜歡看喜劇電影。

08 | ストーリー【story】

名 故事，小説；(小説、劇本等的)劇情，結構

例 このドラマは俳優に加えてストーリーもいい。

譯 這部影集不但演員好，故事情節也精彩。

09 | ばめん【場面】

名 場面，場所；情景，(戲劇、電影等)場景，鏡頭；市場的情況，行情

例 場面が変わる。

譯 轉換場景。

10 | ぶたい【舞台】

名 舞台；大顯身手的地方

例 舞台に立つ。

譯 站上舞台。

11 | ホラー【horror】

名 恐怖，戰慄

例 ホラー映画のせいで眠れなかった。

譯 因為恐怖電影而睡不著。

12 | ミュージカル【musical】

名 音樂劇；音樂的，配樂的

例 ミュージカルが好きだ。

譯 喜歡看歌舞劇。

数量、図形、色彩
- 數量、圖形、色彩 -

20-1 数 /
數目

01 | かく【各】
接頭 各，每人，每個，各個
例 各クラスから一人出してください。
譯 請每個班級選出一名。

02 | かず【数】
名 數，數目；多數，種種
例 数が多い。
譯 數目多。

03 | きすう【奇数】
名 (數)奇數
例 奇数を使う。
譯 使用奇數。

04 | けた【桁】
名 (房屋、橋樑的)橫樑，桁架；算盤
的主柱；數字的位數
例 桁を間違える。
譯 弄錯位數。

05 | すうじ【数字】
名 數字；各個數字
例 数字で示す。
譯 用數字表示。

06 | せいすう【整数】
名 (數)整數
例 答えは整数だ。
譯 答案為整數。

07 | ちょう【兆】
名・漢造 徵兆；(數)兆
例 国の借金は 1000 兆円だ。
譯 國家的債務有1000兆圓。

08 | ど【度】
名・漢造 尺度；程度；溫度；次數，回數；
規則，規定；氣量，氣度
例 昨日より 5 度ぐらい高い。
譯 溫度比昨天高五度。

09 | ナンバー【number】
名 數字，號碼；(汽車等的)牌照
例 自動車のナンバーを変更したい。
譯 想換汽車號碼牌。

10 | パーセント【percent】
名 百分率
例 手数料が 3 パーセントかかる。
譯 手續費要三個百分比。

11 | びょう【秒】
名・漢造 (時間單位)秒

例 タイムを秒まで計る。
譯 以秒計算。

12 | プラス【plus】

名・他サ (數)加號，正號；正數；有好處，利益；加（法）；陽性

例 プラスになる。
譯 有好處。

13 | マイナス【minus】

名・他サ (數)減，減法；減號，負數；負極；（溫度）零下

例 マイナスになる。
譯 變得不好。

20-2 計算 /
計算

01 | あう【合う】

自五 正確，適合；一致，符合；對，準；合得來；合算

例 計算が合う。
譯 計算符合。

02 | イコール【equal】

名 相等；（數學）等號

例 A イコール B だ。
譯 A等於B。

03 | かけざん【掛け算】

名 乘法

例 まだ 5 歳だが掛け算もできる。
譯 雖然才五歲連乘法也會。

04 | かぞえる【数える】

他下一 數，計算；列舉，枚舉

例 羊の数を 1,000 匹まで数えた。
譯 數羊數到了一千隻。

05 | けい【計】

名 總計，合計；計畫，計

例 一年の計は春にあり。
譯 一年之計在於春。

06 | けいさん【計算】

名・他サ 計算，演算；估計，算計，考慮

例 計算が早い。
譯 計算得快。

07 | ししゃごにゅう【四捨五入】

名・他サ 四捨五入

例 小数点第三位を四捨五入する。
譯 四捨五入取到小數點後第二位。

08 | しょうすう【小数】

名 (數)小數

例 小数点以下は、四捨五入する。
譯 小數點以下，要四捨五入。

09 | しょうすうてん【小数点】

名 小數點

例 小数点以下は、書かなくてもいい。
譯 小數點以下的數字可以不必寫出來。

10 | たしざん【足し算】

㊂ 加法，加算

例 足し算の教材を十冊やる。

譯 做了十本加法的教材。

11 | でんたく【電卓】

㊂ 電子計算機（「電子式卓上計算機（でんししきたくじょうけいさんき）」之略稱）

例 電卓で計算する。

譯 用計算機計算。

12 | ひきざん【引き算】

㊂ 減法

例 引き算を習う。

譯 學習減法。

13 | ぶんすう【分数】

㊂ （數學的）分數

例 分数を習う。

譯 學分數。

14 | わり【割り・割】

㊂ 分配；（助數詞用）十分之一，一成；比例；得失

例 4割引きにする。

譯 給你打了四折。

15 | わりあい【割合】

㊂ 比例；比較起來

例 空気の成分の割合を求める。

譯 算出空氣中的成分的比例。

16 | わりざん【割り算】

㊂ （算）除法

例 割り算は難しい。

譯 除法很難。

20-3 量、長さ、広さ、重さなど(1) /
量、容量、長度、面積、重量等(1)

01 | あさい【浅い】

㊅ （水等）淺的；（顏色）淡的；（程度）膚淺的，少的，輕的；（時間）短的

例 考えが浅い。

譯 思慮不周到。

02 | アップ【up】

㊂·他サ 增高，提高；上傳（檔案至網路）

例 給料アップを望む。

譯 希望提高薪水。

03 | いちどに【一度に】

㊐ 同時地，一塊地，一下子

例 卵と牛乳を一度に入れる。

譯 蛋跟牛奶一齊下鍋。

04 | おおく【多く】

㊂·副 多數，許多；多半，大多

例 人がどんどん多くなる。

譯 愈來愈多人。

05 | おく【奥】

㊂ 裡頭，深處；裡院；盡頭

例 のどの奥に魚の骨が引っかかった。

譯 喉嚨深處鯁到魚刺了。

06 | かさねる【重ねる】

(他下一) 重疊堆放；再加上，蓋上；反覆，重複，屢次

例 本を 3 冊重ねる。

譯 把三本書疊起來。

07 | きょり【距離】

(名) 距離，間隔，差距

例 距離が遠い。

譯 距離遙遠。

08 | きらす【切らす】

(他五) 用盡，用光

例 名刺を切らす。

譯 名片用完。

09 | こ【小】

(接頭) 小，少；稍微

例 小雨が降る。

譯 下小雨。

10 | こい【濃い】

(形) 色或味濃深；濃稠，密

例 化粧が濃い。

譯 化著濃妝。

11 | こう【高】

(名·漢造) 高；高處，高度；(地位等)高

例 高層ビルを建築する。

譯 蓋摩天大樓。

12 | こえる【越える・超える】

(自下一) 越過；度過；超出，超過

例 山を越える。

譯 翻過山頭。

13 | ごと

(接尾) (表示包含在內)一共，連同

例 リンゴを皮ごと食べる。

譯 蘋果帶皮一起吃。

14 | ごと【毎】

(接尾) 每

例 月ごとの支払いになる。

譯 規定每月支付。

15 | さい【最】

(漢造·接頭) 最

例 学年で最優秀の成績を取った。

譯 得到了全學年第一名的成績。

16 | さまざま【様々】

(名·形動) 種種，各式各樣的，形形色色的

例 様々な原因を考えた。

譯 想到了各種原因。

17 | しゅるい【種類】

(名) 種類

例 種類が多い。

譯 種類繁多。

18 | しょ【初】

(漢造) 初，始；首次，最初

例 初級から上級までレベルが揃っている。

譯 從初級到高級等各種程度都有。

19｜しょうすう【少数】

（名）少數

例 少数の意見を大事にする。

譯 尊重少數的意見。

20｜すくなくとも【少なくとも】

（副）至少，對低，最低限度

例 少なくとも３時間はかかる。

譯 至少要花三個小時。

21｜すこしも【少しも】

（副）（下接否定）一點也不，絲毫也不

例 お金には、少しも興味がない。

譯 金錢這東西，我一點都不感興趣。

22｜ぜん【全】

（漢造）全部，完全；整個；完整無缺

例 全科目の成績が上がる。

譯 全科成績都進步。

23｜センチ【centimeter】

（名）厘米，公分

例 １センチ右に動かす。

譯 往右移動了一公分。

24｜そう【総】

（漢造）總括；總覽；總，全體；全部

例 総員 50 名だ。

譯 總共有五十人。

25｜そく【足】

（接尾・漢造）（助數詞）雙；足；足夠；添

例 靴下を二足買った。

譯 買了兩雙襪子。

26｜そろう【揃う】

（自五）（成套的東西）備齊；成套；一致，（全部）一樣，整齊；（人）到齊，齊聚

例 色々な商品が揃った。

譯 各種商品一應備齊。

27｜そろえる【揃える】

（他下一）使…備齊；使…一致；湊齊，弄齊，使成對

例 必要なものを揃える。

譯 準備好必需品。

28｜たてなが【縦長】

（名）矩形，長形

例 縦長の封筒が多く使われている。

譯 有許多人使用長方形的信封。

29｜たん【短】

（名・漢造）短；不足，缺點

例 LINE と Facebook、それぞれの短所は何ですか。

譯 LINE和臉書的缺點各是什麼？

30｜ちぢめる【縮める】

（他下一）縮小，縮短，縮減；縮回，捲縮，起皺紋

例 亀が驚いて首を縮めた。

譯 烏龜受了驚嚇把頭縮了起來。

20-3 量、長さ、広さ、重さなど(2) /
量、容量、長度、面積、重量等(2)

31 | つき【付き】

接尾 (前接某些名詞)樣子;附屬

例 デザート付きの定食を注文する。

譯 點附甜點的套餐。

32 | つく【付く】

自五 附著,沾上;長,添增;跟隨;隨從,聽隨;偏坦;設有;連接著

例 ご飯粒が付く。

譯 沾到飯粒。

33 | つづき【続き】

名 接續,繼續;接續部分,下文;接連不斷

例 続きがある。

譯 有後續。

34 | つづく【続く】

自五 繼續,延續,連續;接連發生,接連不斷;隨後發生,接著;連著,通到,與…接連;接得上,夠用;後繼,跟上;次於,居次位

例 暖かい日が続いた。

譯 一連好幾天都很暖和。

35 | とう【等】

接尾 等等;(助數詞用法,計算階級或順位的單位)等(級)

例 フランス、ドイツ等のEU諸国が対象になる。

譯 以法、德等歐盟各國為對象。

36 | トン【ton】

名 (重量單位)噸,公噸,一千公斤

例 一万トンの船が入ってきた。

譯 一萬噸的船隻開進來了。

37 | なかみ【中身】

名 裝在容器裡的內容物,內容;刀身

例 中身がない。

譯 沒有內容。

38 | のうど【濃度】

名 濃度

例 放射能濃度が高い。

譯 輻射線濃度高。

39 | ばい【倍】

名·漢造·接尾 倍,加倍;(數助詞的用法)倍

例 賞金を倍にする。

譯 獎金加倍。

40 | はば【幅】

名 寬度,幅面;幅度,範圍;勢力;伸縮空間

例 幅を広げる。

譯 拓寬。

41 | ひょうめん【表面】

名 表面

例 表面だけ飾る。

譯 只裝飾表面。

20

數量、圖形、色彩

42 | ひろがる【広がる】

(自五) 開放，展開；（面積、規模、範圍）擴大，蔓延，傳播

例 事業が広がる。

譯 擴大事業。

43 | ひろげる【広げる】

(他下一) 打開，展開；（面積、規模、範圍）擴張，發展

例 趣味の範囲を広げる。

譯 擴大嗜好的範圍。

44 | ひろさ【広さ】

(名) 寬度，幅度，廣度

例 広さは３万坪ある。

譯 有三萬坪的寬度。

45 | ぶ【無】

(接頭·漢造) 無，沒有，缺乏

例 店員が無愛想で不親切だ。

譯 店員不和氣又不親切。

46 | ふくめる【含める】

(他下一) 包含，含括；囑咐，告知，指導

例 子供を含めて三百人だ。

譯 包括小孩在內共三百人。

47 | ふそく【不足】

(名·形動·自サ) 不足，不夠，短缺；缺乏，不充分；不滿意，不平

例 不足を補う。

譯 彌補不足。

48 | ふやす【増やす】

(他五) 繁殖；增加，添加

例 人手を増やす。

譯 增加人手。

49 | ぶん【分】

(名·漢造) 部分；份；本分；地位

例 減った分を補う。

譯 補充減少部分。

50 | へいきん【平均】

(名·自サ·他サ) 平均；（數）平均值；平衡，均衡

例 １月の平均気温は氷点下だ。

譯 一月的平均氣溫在冰點以下。

51 | へらす【減らす】

(他五) 減，減少；削減，縮減；空（腹）

例 体重を減らす。

譯 減輕體重。

52 | へる【減る】

(自五) 減，減少；磨損；（肚子）餓

例 収入が減る。

譯 收入減少。

53 | ほんの

(連體) 不過，僅僅，一點點

例 ほんの少し残っている。

譯 只有留下一點點。

54 | ますます【益々】

(副) 越發，益發，更加

例 ますます強くなる。

譯 更加強大了。

---

55 | ミリ【(法) millimetre 之略】

造語・名 毫，千分之一；毫米，公厘

例 1時間100ミリの豪雨を記録する。

譯 一小時達到下100毫米雨的記錄。

---

56 | むすう【無数】

名・形動 無數

例 無数の星が空に輝いていた。

譯 有無數的星星在天空閃爍。

---

57 | めい【名】

接尾 (計算人數)名，人

例 三名一組になる。

譯 三個人一組。

---

58 | やや

副 稍微，略；片刻，一會兒

例 やや短すぎる。

譯 有點太短。

---

59 | わずか【僅か】

副・形動 (數量、程度、價值、時間等)很少，僅僅；一點也(後加否定)

例 わずかに覚えている。

譯 略微記得。

20-4 回数、順番 /
次數、順序

---

01 | い【位】

接尾 位；身分，地位

例 学年で一位になる。

譯 年度中取得第一。

---

02 | いちれつ【一列】

名 一列，一排

例 一列に並ぶ。

譯 排成一列。

---

03 | おいこす【追い越す】

他五 超過，趕過去

例 前の人を追い越す。

譯 趕過前面的人。

---

04 | くりかえす【繰り返す】

他五 反覆，重覆

例 失敗を繰り返す。

譯 重蹈覆轍。

---

05 | じゅんばん【順番】

名 輪班(的次序)，輪流，依次交替

例 順番を待つ。

譯 依序等待。

---

06 | だい【第】

漢造・接頭 順序；考試及格，錄取

例 相手のことを第一に考える。

譯 以對方為第一優先考慮。

07 | ちゃく【着】

（名・接尾・漢造）到達，抵達；（計算衣服的單位）套；（記數順序或到達順序）著，名；穿衣；黏貼；沉著；著手

例 3着以内に入った。

譯 進入前三名。

08 | つぎつぎ・つぎつぎに・つぎつぎと【次々・次々に・次々と】

（副）一個接一個，接二連三地，絡繹不絕的，紛紛；按著順序，依次

例 次々と事件が起こる。

譯 案件接二連三發生。

09 | トップ【top】

（名）尖端；（接力賽）第一棒；領頭，率先；第一位，首位，首席

例 成績がトップまで伸びる。

譯 成績前進到第一名。

10 | ふたたび【再び】

（副）再一次，又，重新

例 再びやってきた。

譯 捲土重來。

11 | れつ【列】

（名・漢造）列，隊列，隊；排列；行，列，級，排

例 列に並ぶ。

譯 排成一排。

12 | れんぞく【連続】

（名・他サ・自サ）連續，接連

例 3年連続黒字になる。

譯 連續了三年的盈餘。

20-5 図形、模様、色彩 /
圖形、花紋、色彩

01 | かた【型】

（名）模子，形，模式；樣式

例 型をとる。

譯 模壓成型。

02 | カラー【color】

（名）色，彩色；（繪畫用）顏料；特色

例 カラーは白と黒がある。

譯 顏色有白的跟黑的。

03 | くろ【黒】

（名）黑，黑色；犯罪，罪犯

例 黒に染める。

譯 染成黑色。

04 | さんかく【三角】

（名）三角形

例 三角にする。

譯 畫成三角。

05 | しかく【四角】

（名）四角形，四方形，方形

例 四角の所の数字を求める。

譯 請算出方形處的數字。

06 | しま【縞】

（名）條紋，格紋，條紋布

例 縞模様を描く。

譯 織出條紋。

---

07 | しまがら【縞柄】
名 條紋花樣
例 この縞柄が気に入った。
譯 喜歡這種條紋花樣。

---

08 | しまもよう【縞模様】
名 條紋花樣
例 縞模様のシャツを持つ。
譯 有條紋襯衫。

---

09 | じみ【地味】
形動 素氣，樸素，不華美；保守
例 色は地味だがデザインがいい。
譯 顏色雖樸素但設計很凸出。

---

10 | しょく【色】
漢造 顏色；臉色，容貌；色情；景象
例 顔色を失う。
譯 花容失色。

---

11 | しろ【白】
名 白，皎白，白色；清白
例 雪で辺りは一面真っ白になった。
譯 雪把這裡變成了一片純白的天地。

---

12 | ストライプ【strip】
名 條紋；條紋布
例 制服は白と青のストライプです。
譯 制服上面印有白和藍條紋圖案。

---

13 | ずひょう【図表】
名 圖表
例 実験の結果を図表にする。
譯 將實驗結果以圖表呈現。

---

14 | ちゃいろい【茶色い】
形 茶色
例 茶色い紙で折る。
譯 用茶色的紙張摺紙。

---

15 | はいいろ【灰色】
名 灰色
例 空が灰色だ。
譯 天空是灰色的。

---

16 | はながら【花柄】
名 花的圖樣
例 花柄のワンピースに合う。
譯 跟有花紋圖樣的連身洋裝很搭配。

---

17 | はなもよう【花模様】
名 花的圖樣
例 花模様のハンカチを取り出した。
譯 取出綴有花樣的手帕。

---

18 | ピンク【pink】
名 桃紅色，粉紅色；桃色
例 ピンク色のセーターを貸す。
譯 借出粉紅色的毛衣。

---

19 | まじる【混じる・交じる】
自五 夾雜，混雜；加入，交往，交際
例 色々な色が混じっている。
譯 加入各種顏色。

20 ｜ まっくろ【真っ黒】

(名・形動) 漆黑，烏黑

例 日差しで真っ黒になった。

譯 被太陽晒得黑黑的。

21 ｜ まっさお【真っ青】

(名・形動) 蔚藍，深藍；（臉色）蒼白

例 真っ青な顔をしている。

譯 變成鐵青的臉。

22 ｜ まっしろ【真っ白】

(名・形動) 雪白，淨白，皓白

例 頭の中が真っ白になる。

譯 腦中一片空白。

23 ｜ まっしろい【真っ白い】

(形) 雪白的，淨白的，皓白的

例 真っ白い雪が降ってきた。

譯 下起雪白的雪來了。

24 ｜ まる【丸】

(名・造語・接頭・接尾) 圓形，球狀；句點；完全

例 丸を書く。

譯 畫圈圈。

25 ｜ みずたまもよう【水玉模様】

(名) 小圓點圖案

例 水玉模様の洋服がかわいらしい。

譯 圓點圖案的衣服可愛極了。

26 ｜ むじ【無地】

(名) 素色

例 ワイシャツは無地がいい。

譯 襯衫以素色的為佳。

27 ｜ むらさき【紫】

(名) 紫，紫色；醬油；紫丁香

例 好みの色は紫です。

譯 喜歡紫色。

パート 21 教育
第二十一章
- 教育 -

21-1 教育、学習 /
教育、學習

01 | おしえ【教え】
名 教導，指教，教誨；教義
例 先生の教えを守る。
譯 謹守老師的教誨。

02 | おそわる【教わる】
他五 受教，跟⋯學習
例 パソコンの使い方を教わる。
譯 學習電腦的操作方式。

03 | か【科】
名・漢造 （大專院校）科系；（區分種類）科
例 英文科だから英語を勉強する。
譯 因為是英文系所以讀英語。

04 | かがく【化学】
名 化學
例 化学を知る。
譯 認識化學。

05 | かていか【家庭科】
名 （學校學科之一）家事，家政
例 家庭科を学ぶ。
譯 學家政課。

06 | きほん【基本】
名 基本，基礎，根本
例 基本をゼロから学ぶ。
譯 學習基礎東西。

07 | きほんてき（な）【基本的（な）】
形動 基本的
例 基本的な単語から教える。
譯 教授基本單字。

08 | きょう【教】
漢造 教，教導；宗教
例 仏教が伝わる。
譯 佛教流傳。

09 | きょうかしょ【教科書】
名 教科書，教材
例 歴史の教科書を使う。
譯 使用歷史教科書。

10 | こうか【効果】
名 效果，成效，成績；（劇）效果
例 効果が上がる。
譯 效果提升。

11 | こうみん【公民】

名 公民

例 公民の授業で政治を学んだ。

譯 在公民課上學了政治。

12 | さんすう【算数】

名 算數，初等數學；計算數量

例 算数が苦手だ。

譯 不擅長算數。

13 | しかく【資格】

名 資格，身份；水準

例 資格を持つ。

譯 擁有資格。

14 | どくしょ【読書】

名・自サ 讀書

例 読書だけで人は変わる。

譯 光是讀書就能改變人生。

15 | ぶつり【物理】

名 （文）事物的道理；物理（學）

例 物理に強い。

譯 物理學科很強。

16 | ほけんたいいく【保健体育】

名 （國高中學科之一）保健體育

例 保健体育の授業を見学する。

譯 參觀健康體育課。

17 | マスター【master】

名・他サ 老闆；精通

例 日本語をマスターしたい。

譯 我想精通日語。

18 | りか【理科】

名 理科（自然科學的學科總稱）

例 理科系に進むつもりだ。

譯 準備考理科。

19 | りゅうがく【留学】

名・自サ 留學

例 アメリカに留学する。

譯 去美國留學。

N3 ● 21-2

21-2 学校 /
學校

01 | がくれき【学歴】

名 學歷

例 学歴が高い。

譯 學歷高。

02 | こう【校】

漢造 學校；校對；（軍銜）校；學校

例 校則を守る。

譯 遵守校規。

03 | ごうかく【合格】

名・自サ 及格；合格

例 試験に合格する。

譯 考試及格。

04 | しょうがくせい【小学生】

名 小學生

例 小学生になる。

譯 上小學。

05 | しん【新】

(名・漢造) 新；剛收穫的；新曆

例 新学期が始まった。

譯 新學期開始了。

06 | しんがく【進学】

(名・自サ) 升學；進修學問

例 大学に進学する。

譯 念大學。

07 | しんがくりつ【進学率】

(名) 升學率

例 あの高校は進学率が高い。

譯 那所高中升學率很高。

08 | せんもんがっこう【専門学校】

(名) 專科學校

例 専門学校に行く。

譯 進入專科學校就讀。

09 | たいがく【退学】

(名・自サ) 退學

例 退学して仕事を探す。

譯 退學後去找工作。

10 | だいがくいん【大学院】

(名)（大學的）研究所

例 大学院に進む。

譯 進研究所唸書。

11 | たんきだいがく【短期大学】

(名)（兩年或三年制的）短期大學

例 短期大学で勉強する。

譯 在短期大學裡就讀。

12 | ちゅうがく【中学】

(名) 中學，初中

例 中学生になった。

譯 上了國中。

N3 ● 21-3

21-3 学生生活 /
學生生活

01 | うつす【写す】

(他五) 抄襲，抄寫：照相；摹寫

例 ノートを写す。

譯 抄寫筆記。

02 | か【課】

(名・漢造)（教材的）課；課業；（公司等）課，科

例 第三課を練習する。

譯 練習第三課。

03 | かきとり【書き取り】

(名・自サ) 抄寫，記錄；聽寫，默寫

例 書き取りのテストを行う。

譯 進行聽寫測驗。

04 | かだい【課題】

(名) 提出的題目；課題，任務

例 課題を解決する。

譯 解決課題。

05 | かわる【換わる】

(自五) 更換，更替

例 教室が換わる。

譯 換教室。

06 | クラスメート【classmate】

(名) 同班同學

例 クラスメートに会う。

譯 與同班同學見面。

07 | けっせき【欠席】

(名・自サ) 缺席

例 授業を欠席する。

譯 上課缺席。

08 | さい【祭】

(漢造) 祭祀，祭禮；節日，節日的狂歡

例 文化祭が行われる。

譯 舉辦文化祭。

09 | ざいがく【在学】

(名・自サ) 在校學習，上學

例 在学中のことを思い出す。

譯 想起求學時的種種。

10 | じかんめ【時間目】

(接尾) 第…小時

例 二時間目の授業を受ける。

譯 上第二節課。

11 | チャイム【chime】

(名) 組鐘；門鈴

例 チャイムが鳴った。

譯 鈴聲響了。

12 | てんすう【点数】

(名) (評分的)分數

例 読解の点数はまあまあだった。

譯 閱讀理解項目的分數還算可以。

13 | とどける【届ける】

(他下一) 送達；送交；報告

例 忘れ物を届ける。

譯 把遺失物送回來。

14 | ねんせい【年生】

(接尾) …年級生

例 ３年生に上がる。

譯 升為三年級。

15 | もん【問】

(接尾) (計算問題數量)題

例 五問のうち四問は正解だ。

譯 五題中對四題。

16 | らくだい【落第】

(名・自サ) 不及格，落榜，沒考中；留級

例 彼は落第した。

譯 他落榜了。

行事、一生の出来事

- 儀式活動、一輩子會遇到的事情 -

01 | いわう【祝う】 N3 ● 22

他五 祝賀，慶祝；祝福；送賀禮；致賀詞

例 成人を祝う。

譯 慶祝長大成人。

---

02 | きせい【帰省】

名・自サ 歸省，回家（省親），探親

例 お正月に帰省する。

譯 元月新年回家探親。

---

03 | クリスマス【christmas】

名 聖誕節

例 メリークリスマス。

譯 聖誕節快樂！

---

04 | まつり【祭り】

名 祭祀；祭日，廟會祭典

例 お祭りを楽しむ。

譯 觀賞節日活動。

---

05 | まねく【招く】

他五 （搖手、點頭）招呼；招待，宴請；
招聘，聘請；招惹，招致

例 パーティーに招かれた。

譯 受邀參加派對。

パート 23 第二十三章 道具
- 工具 -

23-1 道具 (1) / 工具 (1)

01 | おたまじゃくし【お玉杓子】
名 圓杓，湯杓；蝌蚪
例 お玉じゃくしを持つ。
譯 拿湯杓。

02 | かん【缶】
名 罐子
例 缶詰にする。
譯 做成罐頭。

03 | かんづめ【缶詰】
名 罐頭；關起來，隔離起來；擁擠的
狀態
例 缶詰を開ける。
譯 打開罐頭。

04 | くし【櫛】
名 梳子
例 櫛を髪に挿す。
譯 頭髮插上梳子。

05 | こくばん【黒板】
名 黑板
例 黒板を拭く。
譯 擦黑板。

06 | ゴム【(荷) gom】
名 樹膠，橡皮，橡膠
例 輪ゴムで結んでください。
譯 請用橡皮筋綁起來。

07 | ささる【刺さる】
自五 刺在…在，扎進，刺入
例 布団に針が刺さっている。
譯 被子有針插著。

08 | しゃもじ【杓文字】
名 杓子，飯杓
例 しゃもじにご飯がついている。
譯 飯匙上沾著飯。

09 | しゅうり【修理】
名・他サ 修理，修繕
例 車を修理する。
譯 修繕車子。

10 | せいのう【性能】
名 性能，機能，效能
例 性能が悪い。
譯 性能不好。

11 | せいひん【製品】
名 製品，產品
例 製品のデザインを決める。

譯 決定把新產品的設計定案。

12 | せんざい【洗剤】

名 洗滌劑，洗衣粉（精）

例 洗剤で洗う。

譯 用洗滌劑清洗。

13 | タオル【towel】

名 毛巾；毛巾布

例 タオルを洗う。

譯 洗毛巾。

14 | ちゅうかなべ【中華なべ】

名 中華鍋（炒菜用的中式淺底鍋）

例 中華なべで野菜を炒める。

譯 用中式淺底鍋炒菜。

15 | でんち【電池】

名 （理）電池

例 電池がいる。

譯 需要電池。

16 | テント【tent】

名 帳篷

例 テントを張る。

譯 搭帳篷。

17 | なべ【鍋】

名 鍋子；火鍋

例 鍋で野菜を炒める。

譯 用鍋炒菜。

18 | のこぎり【鋸】

名 鋸子

例 のこぎりで板を引く。

譯 用鋸子鋸木板。

19 | はぐるま【歯車】

名 齒輪

例 機械の歯車に油を差した。

譯 往機器的齒輪裡注了油。

20 | はた【旗】

名 旗，旗幟；（佛）幡

例 旗をかかげる。

譯 掛上旗子。

23-1 道具 (2) /
工具 (2)

21 | ひも【紐】

名 （布、皮革等的）細繩，帶

例 靴ひもを結ぶ。

譯 繫鞋帶。

22 | ファスナー【fastener】

名 （提包、皮包與衣服上的）拉鍊

例 ファスナーがついている。

譯 有附拉鍊。

23 | ふくろ・〜ぶくろ【袋】

名 袋子；口袋；囊

例 袋に入れる。

譯 裝入袋子。

24 | ふた【蓋】

㊂（瓶、箱、鍋等）的蓋子；（貝類的）蓋

例 蓋をする。

譯 蓋上。

25 | ぶつ【物】

㊂·漢造 大人物；物，東西

例 危険物の持ち込みはやめましょう。

譯 請勿帶入危險物品。

26 | フライがえし【fry 返し】

㊂（把平底鍋裡煎的東西翻面的用具）鍋鏟

例 使いやすいフライ返しを選ぶ。

譯 選擇好用的炒菜鏟。

27 | フライパン【frypan】

㊂ 平底鍋

例 フライパンで焼く。

譯 用平底鍋烤。

28 | ペンキ【（荷）pek】

㊂ 油漆

例 ペンキが乾いた。

譯 油漆乾了。

29 | ベンチ【bench】

㊂ 長凳，長椅；（棒球）教練、選手席

例 ベンチに腰掛ける。

譯 坐到長椅上。

30 | ほうちょう【包丁】

㊂ 菜刀；廚師；烹調手藝

例 包丁で切る。

譯 用菜刀切。

31 | マイク【mike】

㊂ 麥克風

例 マイクを通じて話す。

譯 透過麥克風說話。

32 | まないた【まな板】

㊂ 切菜板

例 まな板の上で野菜を切る。

譯 在砧板切菜。

33 | ゆのみ【湯飲み】

㊂ 茶杯，茶碗

例 湯飲み茶碗を手に入れる。

譯 得到茶杯。

34 | ライター【lighter】

㊂ 打火機

例 ライターで火をつける。

譯 用打火機點火。

35 | ラベル【label】

㊂ 標籤，籤條

例 金額のラベルを張る。

譯 貼上金額標籤。

36 | リボン【ribbon】

㊂ 緞帶，絲帶；髮帶；蝴蝶結

例 リボンを付ける。

譯 繫上緞帶。

37 | レインコート【raincoat】
(名) 雨衣

例 レインコートを忘^{わす}れた。

譯 忘了帶雨衣。

38 | ロボット【robot】
(名) 機器人；自動裝置；傀儡

例 家事^{か じ}をしてくれるロボットが人^{にん}気^きだ。

譯 會幫忙做家事的機器人很受歡迎。

39 | わん【椀・碗】
(名) 碗，木碗；(計算數量)碗

例 一碗^{いちわん}のお茶^{ちゃ}を頂^{いただ}く。

譯 喝一碗茶。

N3 ● 23-2

23-2 家具、工具、文房具 /
傢俱、工作器具、文具

01 | アイロン【iron】
(名) 熨斗、烙鐵

例 アイロンをかける。

譯 用熨斗燙。

02 | アルバム【album】
(名) 相簿，記念冊

例 スマホの写真^{しゃしん}でアルバムを作^{つく}る。

譯 把手機裡的照片編作相簿。

03 | インキ【ink】
(名) 墨水

例 万年筆^{まんねんひつ}のインキがなくなる。

譯 鋼筆的墨水用完。

04 | インク【ink】
(名) 墨水，油墨(也寫作「インキ」)

例 インクをつける。

譯 醮墨水。

05 | エアコン【air conditioning】
(名) 空調；溫度調節器

例 エアコンつきの部屋^{へ や}を探^{さが}す。

譯 找附有冷氣的房子。

06 | カード【card】
(名) 卡片；撲克牌

例 カードを切^きる。

譯 洗牌。

07 | カーペット【carpet】
(名) 地毯

例 カーペットにコーヒーをこぼした。

譯 把咖啡灑到地毯上了。

08 | かぐ【家具】
(名) 家具

例 家具^{か ぐ}を置^おく。

譯 放家具。

09 | かでんせいひん【家電製品】
(名) 家用電器

例 家電製品^{か でんせいひん}を安全^{あんぜん}に使^{つか}う。

譯 安全使用家電用品。

10 | かなづち【金槌】

⑧ 釘錘，榔頭；旱鴨子

例 金槌で釘を打つ。

譯 用榔頭敲打釘子。

11 | き【機】

⑧·接尾·漢造 機器；時機；飛機；（助數詞用法）架

例 洗濯機が壊れた。

譯 洗衣機壞了。

12 | クーラー【cooler】

⑧ 冷氣設備

例 クーラーをつける。

譯 開冷氣。

13 | さす【指す】

他五 指，指示；使，叫，令，命令做…

例 時計が２時を指している。

譯 時鐘指著兩點。

14 | じゅうたん【絨毯】

⑧ 地毯

例 絨毯を織ってみた。

譯 試著編地毯。

15 | じょうぎ【定規】

⑧ （木工使用）尺，規尺；標準

例 定規で線を引く。

譯 用尺畫線。

16 | しょっきだな【食器棚】

⑧ 餐具櫃，碗廚

例 食器棚に皿を置く。

譯 把盤子放入餐具櫃裡。

17 | すいはんき【炊飯器】

⑧ 電子鍋

例 炊飯器でご飯を炊く。

譯 用電鍋煮飯。

18 | せき【席】

⑧·漢造 席，坐墊；席位，坐位

例 席を譲る。

譯 讓座。

19 | せともの【瀬戸物】

⑧ 陶瓷品

例 瀬戸物の茶碗を大事にしている。

譯 非常珍惜陶瓷碗。

20 | せんたくき【洗濯機】

⑧ 洗衣機

例 洗濯機で洗う。

譯 用洗衣機洗。

21 | せんぷうき【扇風機】

⑧ 風扇，電扇

例 扇風機を止める。

譯 關上電扇。

22 | そうじき【掃除機】

⑧ 除塵機，吸塵器

例 掃除機をかける。

譯 用吸塵器清掃。

23 | ソファー【sofa】
名 沙發（亦可唸作「ソファ」）
例 ソファーに座る。
譯 坐在沙發上。

24 | たんす
名 衣櫥，衣櫃，五斗櫃
例 たんすにしまった。
譯 收入衣櫃裡。

25 | チョーク【chalk】
名 粉筆
例 チョークで黒板に書く。
譯 用粉筆在黑板上寫字。

26 | てちょう【手帳】
名 筆記本，雜記本
例 手帳で予定を確認する。
譯 翻看隨身記事本確認行程。

27 | でんしレンジ【電子 range】
名 電子微波爐
例 電子レンジで温める。
譯 用微波爐加熱。

28 | トースター【toaster】
名 烤麵包機
例 トースターで焼く。
譯 以烤箱加熱。

29 | ドライヤー【dryer・drier】
名 乾燥機，吹風機
例 ドライヤーをかける。

譯 用吹風機吹。

30 | はさみ【鋏】
名 剪刀；剪票鉗
例 はさみで切る。
譯 用剪刀剪。

31 | ヒーター【heater】
名 電熱器，電爐；暖氣裝置
例 ヒーターをつける。
譯 裝暖氣。

32 | びんせん【便箋】
名 信紙，便箋
例 かわいい便箋をダウンロードする。
譯 下載可愛的信紙。

33 | ぶんぼうぐ【文房具】
名 文具，文房四寶
例 文房具屋さんでペンを買って来た。
譯 去文具店買了筆回來。

34 | まくら【枕】
名 枕頭
例 枕につく。
譯 就寢，睡覺。

35 | ミシン【sewingmachine 之略】
名 縫紉機
例 ミシンで着物を縫い上げる。
譯 用縫紉機縫好一件和服。

23-3 容器類 /
容器類

01 | さら【皿】
② 盤子；盤形物；(助數詞)一碟等
例 料理を皿に盛る。
譯 把菜放到盤子裡。

02 | すいとう【水筒】
② (旅行用)水筒，水壺
例 水筒に熱いコーヒを入れる。
譯 把熱咖啡倒入水壺。

03 | びん【瓶】
② 瓶，瓶子
例 瓶を壊す。
譯 打破瓶子。

04 | メモリー・メモリ【memory】
② 記憶，記憶力；懷念；紀念品；(電腦)記憶體
例 メモリーが不足している。
譯 記憶體空間不足。

05 | ロッカー【locker】
② (公司、機關用可上鎖的)文件櫃；(公共場所用可上鎖的)置物櫃，置物箱，櫃子
例 ロッカーに入れる。
譯 放進置物櫃裡。

23-4 照明、光学機器、音響、情報機器 /
燈光照明、光學儀器、音響、信息器具

01 | CD ドライブ【CD drive】
② 光碟機
例 CDドライブが開かない。
譯 光碟機沒辦法打開。

02 | DVD デッキ【DVD tape deck】
② DVD 播放機
例 DVD デッキが壊れた。
譯 DVD播映機壞了。

03 | DVD ドライブ【DVD drive】
② (電腦用的)DVD 機
例 DVD ドライブをパソコンにつなぐ。
譯 把DVD磁碟機接上電腦。

04 | うつる【写る】
⾃五 照相，映顯；顯像；(穿透某物)看到
例 私の隣に写っているのは兄です。
譯 照片中站在我隔壁的是哥哥。

05 | かいちゅうでんとう【懐中電灯】
② 手電筒
例 懐中電灯が必要だ。
譯 需要手電筒。

06 | カセット【cassette】
② 小暗盒：(盒式)錄音磁帶，錄音帶
例 カセットに入れる。
譯 錄進錄音帶。

07 | がめん【画面】

(名) (繪畫的)畫面；照片，相片；(電影等)畫面，鏡頭
例 画面を見る。
譯 看畫面。

08 | キーボード【keyboard】

(名) (鋼琴、打字機等)鍵盤
例 キーボードを弾く。
譯 彈鍵盤(樂器)。

09 | けいこうとう【蛍光灯】

(名) 螢光燈，日光燈
例 蛍光灯の調子が悪い。
譯 日光燈的壞了。

10 | けいたい【携帯】

(名・他サ) 攜帶；手機(「携帯電話(けいたいでんわ)」的簡稱)
例 携帯電話を持つ。
譯 攜帶手機。

11 | コピー【copy】

(名) 抄本，謄本，副本；(廣告等的)文稿
例 書類をコピーする。
譯 影印文件。

12 | つける【点ける】

(他下一) 點燃；打開(家電類)
例 クーラーをつける。
譯 開冷氣。

13 | テープ【tape】

(名) 窄帶，線帶，布帶；卷尺；錄音帶
例 テープに録音する。
譯 在錄音帶上錄音。

14 | ディスプレイ【display】

(名) 陳列，展覽，顯示；(電腦的)顯示器
例 ディスプレイをリサイクルに出す。
譯 把顯示器送去回收。

15 | ていでん【停電】

(名・自サ) 停電，停止供電
例 台風で停電した。
譯 因為颱風所以停電了。

16 | デジカメ【digital camera 之略】

(名) 數位相機(「デジタルカメラ」之略稱)
例 デジカメで撮った。
譯 用數位相機拍攝。

17 | デジタル【digital】

(名) 數位的，數字的，計量的
例 デジタル製品を使う。
譯 使用數位電子製品。

18 | でんきスタンド【電気 stand】

(名) 檯燈
例 電気スタンドを点ける。
譯 打開檯燈。

19 | でんきゅう【電球】

(名) 電燈泡
例 電球が切れた。
譯 電燈泡壞了。

20 ｜ ハードディスク【hard disk】

名 （電脳）硬碟

例 ハードディスクが壊れた。

譯 硬碟壊了。

---

21 ｜ ビデオ【video】

名 影像，録影；録影機；録影帶

例 ビデオを再生する。

譯 播放録影帶。

---

22 ｜ ファックス【fax】

名・サ変 傳真

例 地図をファックスする。

譯 傳真地圖。

---

23 ｜ プリンター【printer】

名 印表機；印相片機

例 プリンターのインクが切れた。

譯 印表機的油墨沒了。

---

24 ｜ マウス【mouse】

名 滑鼠；老鼠

例 マウスを移動する。

譯 移動滑鼠。

---

25 ｜ ライト【light】

名 燈，光

例 ライトを点ける。

譯 點燈。

---

26 ｜ ろくおん【録音】

名・他サ 録音

例 彼は録音のエンジニアだ。

譯 他是録音工程師。

---

27 ｜ ろくが【録画】

名・他サ 録影

例 大河ドラマを録画した。

譯 録下大河劇了。

パート 24 第二十四章

職業、仕事

- 職業、工作 -

24-1 仕事、職場 /
工作、職場

01 | オフィス【office】

名 辦公室，辦事處；公司；政府機關

例 課長はオフィスにいる。

譯 課長在辦公室。

02 | おめにかかる【お目に掛かる】

慣（謙讓語）見面，拜會

例 社長にお目に掛かりたい。

譯 想拜會社長。

03 | かたづく【片付く】

自五 收拾，整理好；得到解決，處裡好；
出嫁

例 仕事が片付く。

譯 做完工作。

04 | きゅうけい【休憩】

名・自サ 休息

例 休憩する暇もない。

譯 連休息的時間也沒有。

05 | こうかん【交換】

名・他サ 交換；交易

例 名刺を交換する。

譯 交換名片。

06 | ざんぎょう【残業】

名・自サ 加班

例 残業して仕事を片付ける。

譯 加班把工作做完。

07 | じしん【自信】

名 自信，自信心

例 自信を持つ。

譯 有自信。

08 | しつぎょう【失業】

名・自サ 失業

例 会社が倒産して失業した。

譯 公司倒閉而失業了。

09 | じつりょく【実力】

名 實力，實際能力

例 実力がつく。

譯 具有實力。

10 | じゅう【重】

名・漢造（文）重大；穩重；重要

例 重要な仕事を任せられている。

譯 接下相當重要的工作。

11 | しゅうしょく【就職】

(名・自サ) 就職，就業，找到工作

例 日本語ができれば就職に有利だ。

譯 會日文對於求職將非常有利。

12 | じゅうよう【重要】

(名・形動) 重要，要緊

例 重要な仕事をする。

譯 從事重要的工作。

13 | じょうし【上司】

(名) 上司，上級

例 上司に確認する。

譯 跟上司確認。

14 | すます【済ます】

(他五・接尾) 弄完，辦完；償還，還清；對付，將就，湊合；(接在其他動詞連用形下面)表示完全成為……

例 用事を済ました。

譯 辦完事情。

15 | すませる【済ませる】

(他五・接尾) 弄完，辦完；償還，還清；將就，湊合

例 手続きを済ませた。

譯 辦完手續。

16 | せいこう【成功】

(名・自サ) 成功，成就，勝利；功成名就，成功立業

例 仕事が成功した。

譯 工作大告成功。

17 | せきにん【責任】

(名) 責任，職責

例 責任を持つ。

譯 負責任。

18 | たいしょく【退職】

(名・自サ) 退職

例 退職してゆっくり生活したい。

譯 退休後想休閒地過生活。

19 | だいひょう【代表】

(名・他サ) 代表

例 代表となる。

譯 作為代表。

20 | つうきん【通勤】

(名・自サ) 通勤，上下班

例 マイカーで通勤する。

譯 開自己的車上班。

21 | はたらき【働き】

(名) 勞動，工作；作用，功效；功勞，功績；功能，機能

例 妻が働きに出る。

譯 妻子外出工作。

22 | ふく【副】

(名・漢造) 副本，抄件；副；附帶

例 副社長が挨拶する。

譯 副社長致詞。

23 | へんこう【変更】

(名・他サ) 變更，更改，改變

例 計画を変更する。
けいかく　へんこう

譯 變更計畫。

---

24 | めいし【名刺】

名 名片
例 名刺を交換する。
めいし　こうかん

譯 交換名片。

---

25 | めいれい【命令】

名・他サ 命令，規定；（電腦）指令
例 命令を受ける。
めいれい　う

譯 接受命令。

---

26 | めんせつ【面接】

名・自サ （為考察人品、能力而舉行的）面
試，接見，會面
例 面接を受ける。
めんせつ　う

譯 接受面試。

---

27 | もどり【戻り】

名 恢復原狀；回家；歸途
例 部長、お戻りは何時ですか。
ぶちょう　もど　なんじ

譯 部長，幾點回來呢？

---

28 | やくだつ【役立つ】

自五 有用，有益
例 実際に会社で役立つ。
じっさい　かいしゃ　やくだ

譯 實際上對公司有益。

---

29 | やくだてる【役立てる】

他下一 （供）使用，使…有用
例 何とか役立てたい。
なん　やくだ

譯 我很想幫上忙。

---

30 | やくにたてる【役に立てる】

慣 （供）使用，使…有用
例 社会の役に立てる。
しゃかい　やく　た

譯 對社會有貢獻。

---

31 | やめる【辞める】

他下一 辭職；休學
例 仕事を辞める。
しごと　や

譯 辭掉工作。

---

32 | ゆうり【有利】

形動 有利
例 免許があると仕事に有利です。
めんきょ　しごと　ゆうり

譯 持有證照對工作較有益處。

---

33 | れい【例】

名・漢造 慣例；先例；例子
例 前例がないなら、作ればいい。
ぜんれい　つく

譯 如果從來沒有人做過，就由我們來當
開路先鋒。

---

34 | れいがい【例外】

名 例外
例 例外として扱う。
れいがい　あつか

譯 特別待遇。

---

35 | レベル【level】

名 水平，水準；水平線；水平儀
例 社員のレベルが向上する。
しゃいん　こうじょう

譯 員工的水準提高。

36 | わりあて【割り当て】

名 分配，分擔
例 仕事の割り当てをする。
譯 分派工作。

24-2 職業、事業 (1) /
職業、事業 (1)

01 | アナウンサー【announcer】

名 廣播員，播報員
例 アナウンサーになる。
譯 成為播報員。

02 | いし【医師】

名 醫師，大夫
例 心の温かい医師になりたい。
譯 我想成為一個有人情味的醫生。

03 | ウェーター・ウェイター【waiter】

名 (餐廳等的)侍者，男服務員
例 ウェーターを呼ぶ。
譯 叫服務生。

04 | ウェートレス・ウェイトレス【waitress】

名 (餐廳等的)女侍者，女服務生
例 ウェートレスを募集する。
譯 招募女服務生。

05 | うんてんし【運転士】

名 司機；駕駛員，船員
例 運転士をしている。
譯 當司機。

06 | うんてんしゅ【運転手】

名 司機
例 タクシーの運転手が道に詳しい。
譯 計程車司機對道路很熟悉。

07 | えきいん【駅員】

名 車站工作人員，站務員
例 駅員に聞く。
譯 詢問站務員。

08 | エンジニア【engineer】

名 工程師，技師
例 エンジニアとして働きたい。
譯 想以工程師的身份工作。

09 | おんがくか【音楽家】

名 音樂家
例 音楽家になる。
譯 成為音樂家。

10 | かいごし【介護士】

名 專門照顧身心障礙者日常生活的專門技術人員
例 介護士の資格を取る。
譯 取得看護的資格。

11 | かいしゃいん【会社員】

名 公司職員
例 会社員になる。
譯 當公司職員。

12 | がか【画家】

名 畫家
例 画家になる。
譯 成為畫家。

13 | かしゅ【歌手】

名 歌手，歌唱家
例 歌手になりたい。
譯 我想當歌手。

14 | カメラマン【cameraman】

名 攝影師；（報社、雜誌等）攝影記者
例 アマチュアカメラマンが増える。
譯 增加許多業餘攝影師。

15 | かんごし【看護師】

名 護士，看護
例 看護師さんが優しい。
譯 護士人很和善貼心。

16 | きしゃ【記者】

名 執筆者，筆者；（新聞）記者，編輯
例 記者が質問する。
譯 記者發問。

17 | きゃくしつじょうむいん【客室乗務員】

名 （車、飛機、輪船上）服務員
例 客室乗務員になる。
譯 成為空服人員。

18 | ぎょう【業】

名・漢造 業，職業；事業；學業

例 金融業で働く。
譯 在金融業工作。

19 | きょういん【教員】

名 教師，教員
例 教員になる。
譯 當上教職員。

20 | きょうし【教師】

名 教師，老師
例 両親とも高校の教師だ。
譯 我父母都是高中老師。

21 | ぎんこういん【銀行員】

名 銀行行員
例 銀行員になる。
譯 成為銀行行員。

22 | けいえい【経営】

名・他サ 經營，管理
例 会社を経営する。
譯 經營公司。

23 | けいさつかん【警察官】

名 警察官，警官
例 警察官を騙す。
譯 欺騙警官。

24 | けんちくか【建築家】

名 建築師
例 有名な建築家が建てた。
譯 由名建築師建造。

職業、工作

25 | こういん【行員】

名 銀行職員

例 銃を銀行の行員に向けた。

譯 拿槍對準了銀行職員。

26 | さっか【作家】

名 作家，作者，文藝工作者；藝術家，藝術工作者

例 作家が小説を書いた。

譯 作家寫了小説。

27 | さっきょくか【作曲家】

名 作曲家

例 作曲家になる。

譯 成為作曲家。

28 | サラリーマン【salariedman】

名 薪水階級，職員

例 サラリーマンにはなりたくない。

譯 不想從事領薪工作。

29 | じえいぎょう【自営業】

名 獨立經營，獨資

例 自営業で商売する。

譯 獨資經商。

30 | しゃしょう【車掌】

名 車掌，列車員

例 車掌が特急券の確認をする。

譯 乘務員來查特快票。

31 | じゅんさ【巡査】

名 巡警

例 巡査に捕まえられた。

譯 被警察逮捕。

32 | じょゆう【女優】

名 女演員

例 将来は女優になる。

譯 將來成為女演員。

33 | スポーツせんしゅ【sports 選手】

名 運動選手

例 スポーツ選手になりたい。

譯 想成為了運動選手。

34 | せいじか【政治家】

名 政治家（多半指議員）

例 どの政治家を応援しますか。

譯 你聲援哪位政治家呢？

35 | だいく【大工】

名 木匠，木工

例 大工を頼む。

譯 雇用木匠。

36 | ダンサー【dancer】

名 舞者；舞女；舞蹈家

例 夢はダンサーになることだ。

譯 夢想是成為一位舞者。

37 | ちょうりし【調理師】

名 烹調師，廚師
例 調理師の免許を持つ。
譯 具有廚師執照。

38 | つうやく【通訳】

名・他サ 口頭翻譯，口譯；翻譯者，譯員
例 彼は通訳をしている。
譯 他在擔任口譯。

39 | デザイナー【designer】

名 （服裝、建築等）設計師，圖案家

例 デザイナーになる。
譯 成為設計師。

40 | のうか【農家】

名 農民，農戶；農民的家
例 農家で育つ。
譯 生長在農家。

41 | パート【part time 之略】

名 （按時計酬）打零工
例 パートに出る。
譯 出外打零工。

42 | はいゆう【俳優】

名 （男）演員
例 夢は映画俳優になることだ。
譯 我的夢想是當一位電影演員。

43 | パイロット【pilot】

名 領航員；飛行駕駛員；實驗性的
例 パイロットから説明を受ける。

譯 接受飛行員的説明。

44 | ピアニスト【pianist】

名 鋼琴師，鋼琴家
例 ピアニストの方が演奏している。
譯 鋼琴家正在演奏。

45 | ひきうける【引き受ける】

他下一 承擔，負責；照應，照料；應付，
對付；繼承
例 事業を引き受ける。
譯 繼承事業。

46 | びようし【美容師】

名 美容師
例 人気の美容師を紹介する。
譯 介紹極受歡迎的美髮設計師。

47 | フライトアテンダント 【flight attendant】

名 空服員

例 フライトアテンダントになりたい。
譯 我想當空服員。

48 | プロ【professional 之略】

名 職業選手，專家

例 プロになる。
譯 成為專家。

49 | べんごし【弁護士】

名 律師
例 将来は弁護士になりたい。
譯 將來想成為律師。

50 | ほいくし【保育士】

名 保育士

例 保育士の資格を取る。

譯 取得幼教老師資格。

51 | ミュージシャン【musician】

名 音樂家

例 ミュージシャンになった。

譯 成為音樂家了。

52 | ゆうびんきょくいん【郵便局員】

名 郵局局員

例 郵便局員として働く。

譯 從事郵差先生的工作。

53 | りょうし【漁師】

名 漁夫，漁民

例 漁師の仕事はきつい。

譯 漁夫的工作很累人。

24-3 家事 /
家務

01 | かたづけ【片付け】

名 整理，整頓，收拾

例 部屋の片付けをする。

譯 整理房間。

02 | かたづける【片付ける】

他下一 收拾，打掃；解決

例 母が台所を片付ける。

譯 母親在打掃廚房。

03 | かわかす【乾かす】

他五 曬乾；晾乾；烤乾

例 洗濯物を乾かす。

譯 曬衣服。

04 | さいほう【裁縫】

名・自サ 裁縫，縫紉

例 裁縫を習う。

譯 學習縫紉。

05 | せいり【整理】

名・他サ 整理，收拾，整頓；清理，處理；捨棄，淘汰，裁減

例 部屋を整理する。

譯 整理房間。

06 | たたむ【畳む】

他五 疊，折；關，闔上；關閉，結束；藏在心裡

例 布団を畳む。

譯 折棉被。

07 | つめる【詰める】

他下一・自下一 守候，值勤；不停的工作，緊張；塞進，裝入；緊挨著，緊靠著

例 ごみを袋に詰める。

譯 將垃圾裝進袋中。

08 | ぬう【縫う】

他五 縫，縫補；刺繡；穿過，穿行；(醫)縫合(傷口)

例 服を縫った。

譯 縫衣服。

09｜ふく【拭く】

(他五) 擦，抹

例 <ruby>雑巾<rt>ぞうきん</rt></ruby>で<ruby>拭<rt>ふ</rt></ruby>く。

譯 用抹布擦拭。

01 | かんせい【完成】   N3 ● 25

名・自他サ 完成

例 正月に完成の予定だ。

譯 預定正月完成。

02 | こうじ【工事】

名・自サ 工程，工事

例 内装工事がうるさい。

譯 室內裝修工程很吵。

03 | さん【産】

名・漢造 生産，分娩；(某地方)出生；財産

例 日本産の車は質がいい。

譯 日産汽車品質良好。

04 | サンプル【sample】

名・他サ 様品，様本

例 サンプルを見て作る。

譯 依照樣品來製作。

05 | しょう【商】

名・漢造 商，商業；商人；(數)商；商量

例 この店の商品はプロ向けだ。

譯 這家店的商品適合專業人士使用。

06 | しんぽ【進歩】

名・自サ 進歩

例 技術が進歩する。

譯 技術進步。

07 | せいさん【生産】

名・他サ 生産，製造；創作(藝術品等)；
生業，生計

例 米を生産する。

譯 生產米。

08 | たつ【建つ】

自五 蓋，建

例 新しい家が建つ。

譯 蓋新房。

09 | たてる【建てる】

他下一 建造，蓋

例 家を建てる。

譯 蓋房子。

10 | のうぎょう【農業】

名 農耕；農業

例 日本の農業は進んでいる。

譯 日本的農業有長足的進步。

11 | まざる【交ざる】

自五 混雜，交雜，夾雜

例 不良品が交ざっている。

譯 摻進了不良品。

12 | まざる【混ざる】

（自五）混雜，夾雜

例 米に砂が混ざっている。

譯 米裡面夾帶著沙。

26-1 取り引き / 交易

01 | かいすうけん【回数券】

名 (車票等的)回數票
例 回数券を買う。
譯 買回數票。

02 | かえる【代える・換える・替える】

他下一 代替，代理；改變，變更，變換
例 円をドルに替える。
譯 圓換美金。

03 | けいやく【契約】

名・自他サ 契約，合同
例 契約を結ぶ。
譯 立合同。

04 | じどう【自動】

名 自動(不單獨使用)
例 自動販売機で野菜を買う。
譯 在自動販賣機購買蔬菜。

05 | しょうひん【商品】

名 商品，貨品
例 商品が揃う。
譯 商品齊備。

06 | セット【set】

名・他サ 一組，一套；舞台裝置，布景；(網球等)盤，局；組裝，裝配；梳整頭髮
例 ワンセットで売る。
譯 整組來賣。

07 | ヒット【hit】

名・自サ 大受歡迎，最暢銷；(棒球)安打
例 今度の商品はヒットした。
譯 這回的產品取得了大成功。

08 | ブランド【brand】

名 (商品的)牌子；商標
例 ブランドのバックが揃う。
譯 名牌包包應有盡有。

09 | プリペイドカード【prepaid card】

名 預先付款的卡片(電話卡、影印卡等)
例 使い捨てのプリペイドカードを買った。
譯 購買用完就丟的預付卡。

10 | むすぶ【結ぶ】

他五・自五 連結，繫結；締結關係，結合，結盟；(嘴)閉緊，(手)握緊
例 契約を結ぶ。
譯 簽合約。

11 | りょうがえ【両替】

(名・他サ) 兌換，換錢，兌幣

例 円とドルの両替をする。

譯 以日圓兌換美金。

12 | レシート【receipt】

(名) 收據；發票

例 レシートをもらう。

譯 拿收據。

13 | わりこむ【割り込む】

(自五) 擠進，插隊；闖進；插嘴

例 横から急に列に割り込んできた。

譯 突然從旁邊擠進隊伍來。

26-2 価格、収支、貸借 /
價格、收支、借貸

01 | かえる【返る】

(自五) 復原；返回；回應

例 貸したお金が返る。

譯 收回借出去的錢。

02 | かし【貸し】

(名) 借出，貸款；貸方；給別人的恩惠

例 貸しがある。

譯 有借出的錢。

03 | かしちん【貸し賃】

(名) 租金，賃費

例 貸し賃が高い。

譯 租金昂貴。

04 | かり【借り】

(名) 借，借入；借的東西；欠人情；怨恨，仇恨

例 借りを返す。

譯 還人情。

05 | きゅうりょう【給料】

(名) 工資，薪水

例 給料が上がる。

譯 提高工資。

06 | さがる【下がる】

(自五) 後退；下降

例 給料が下がる。

譯 降低薪水。

07 | ししゅつ【支出】

(名・他サ) 開支，支出

例 支出を抑える。

譯 減少支出。

08 | じょ【助】

(漢造) 幫助；協助

例 お金を援助する。

譯 出錢幫助。

09 | せいさん【清算】

(名・他サ) 結算，清算；清理財產；結束，了結

例 溜まった家賃を清算した。

譯 還清了積欠的房租。

10 | ただ

(名･副) 免費，不要錢；普通，平凡；只有，只是(促音化為「たった」)

例 ただで参加できる。

譯 能夠免費參加。

11 | とく【得】

(名･形動) 利益；便宜

例 まとめて買うと得だ。

譯 一次買更划算。

12 | ねあがり【値上がり】

(名･自サ) 價格上漲，漲價

例 土地の値上がりが始まっている。

譯 地價開始高漲了。

13 | ねあげ【値上げ】

(名･他サ) 提高價格，漲價

例 来月から入場料が値上げになる。

譯 下個月開始入場費將漲價。

14 | ぶっか【物価】

(名) 物價

例 物価が上がった。

譯 物價上漲。

15 | ボーナス【bonus】

(名) 特別紅利，花紅；獎金，額外津貼，紅利

例 ボーナスが出る。

譯 發獎金。

26-3 消費、費用 (1) /
消費、費用(1)

01 | いりょうひ【衣料費】

(名) 服裝費

例 子供の衣料費は私が出す。

譯 我支付小孩的服裝費。

02 | いりょうひ【医療費】

(名) 治療費，醫療費

例 医療費を払う。

譯 支付醫療費。

03 | うんちん【運賃】

(名) 票價；運費

例 運賃を払う。

譯 付運費。

04 | おごる【奢る】

(自五･他五) 奢侈，過於講究；請客，作東

例 友人に昼飯を奢る。

譯 請朋友吃中飯。

05 | おさめる【納める】

(他下一) 交，繳納

例 授業料を納める。

譯 繳納學費。

06 | がくひ【学費】

(名) 學費

例 アルバイトで学費をためる。

譯 打工存學費。

07 | がすりょうきん【ガス料金】

名 瓦斯費
例 ガス料金を払う。
譯 付瓦斯費。

08 | くすりだい【薬代】

名 藥費
例 薬代が高い。
譯 醫療費昂貴。

09 | こうさいひ【交際費】

名 應酬費用
例 交際費を増やす。
譯 增加應酬費用。

10 | こうつうひ【交通費】

名 交通費，車馬費
例 交通費を計算する。
譯 計算交通費。

11 | こうねつひ【光熱費】

名 電費和瓦斯費等
例 光熱費を払う。
譯 繳水電費。

12 | じゅうきょひ【住居費】

名 住宅費，居住費
例 住居費が高い。
譯 住宿費用很高。

13 | しゅうりだい【修理代】

名 修理費

例 修理代を支払う。
譯 支付修理費。

14 | じゅぎょうりょう【授業料】

名 學費
例 授業料が高い。
譯 授課費用很高。

15 | しようりょう【使用料】

名 使用費
例 会場の使用料を支払う。
譯 支付場地租用費。

16 | しょくじだい【食事代】

名 餐費，飯錢
例 母が食事代をくれた。
譯 媽媽給了我飯錢。

17 | しょくひ【食費】

名 伙食費，飯錢
例 食費を節約する。
譯 節省伙食費。

18 | すいどうだい【水道代】

名 自來水費
例 水道代をカードで払う。
譯 用信用卡支付水費。

19 | すいどうりょうきん【水道料金】

名 自來水費
例 コンビニで水道料金を払う。
譯 在超商支付自來水費。

20 | せいかつひ【生活費】

(名) 生活費

例 息子に生活費を送る。

譯 寄生活費給兒子。

26-3 消費、費用 (2) /
消費、費用 (2)

21 | ぜいきん【税金】

(名) 税金，税款

例 税金を納める。

譯 繳納税金。

22 | そうりょう【送料】

(名) 郵費，運費

例 送料を払う。

譯 付郵資。

23 | タクシーだい【taxi 代】

(名) 計程車費

例 タクシー代が上がる。

譯 計程車的車資漲價。

24 | タクシーりょうきん【taxi 料金】

(名) 計程車費

例 タクシー料金が値上げになる。

譯 計程車的費用要漲價。

25 | チケットだい【ticket 代】

(名) 票錢

例 チケット代を払う。

譯 付買票的費用。

26 | ちりょうだい【治療代】

(名) 治療費，診察費

例 歯の治療代が高い。

譯 治療牙齒的費用很昂貴。

27 | てすうりょう【手数料】

(名) 手續費；回扣

例 手数料がかかる。

譯 要付手續費。

28 | でんきだい【電気代】

(名) 電費

例 電気代が高い。

譯 電費很貴。

29 | でんきりょうきん【電気料金】

(名) 電費

例 電気料金が値上がりする。

譯 電費上漲。

30 | でんしゃだい【電車代】

(名)(坐)電車費用

例 電車代が安くなる。

譯 電車費更加便宜。

31 | でんしゃちん【電車賃】

(名)(坐)電車費用

例 電車賃は 250 円だ。

譯 電車費是二百五十圓。

32 | でんわだい【電話代】

(名) 電話費

例 夜 11 時以後は電話代が安くなる。
譯 夜間十一點以後的電話費率比較便宜。

---

33 | にゅうじょうりょう【入場料】

名 入場費，進場費
例 入場料が高い。
譯 門票很貴呀。

---

34 | バスだい【bus 代】

名 公車（乘坐）費
例 バス代を払う。
譯 付公車費。

---

35 | バスりょうきん【bus 料金】

名 公車（乘坐）費
例 大阪までのバス料金は安い。
譯 搭到大阪的公車費用很便宜。

---

36 | ひ【費】

漢造 消費，花費；費用
例 大学の学費は親が出してくれる。
譯 大學的學費是父母幫我支付的。

---

37 | へやだい【部屋代】

名 房租；旅館住宿費
例 部屋代を払う。
譯 支付房租。

---

38 | ほんだい【本代】

名 買書錢
例 本代がかなりかかる。
譯 買書的花費不少。

---

39 | やちん【家賃】

名 房租
例 家賃が高い。
譯 房租貴。

---

40 | ゆうそうりょう【郵送料】

名 郵費
例 郵送料が高い。
譯 郵資貴。

---

41 | ようふくだい【洋服代】

名 服裝費
例 子供たちの洋服代がかからない。
譯 小孩們的衣物費用所費不多。

---

42 | りょう【料】

接尾 費用，代價
例 入場料は二倍に値上がる。
譯 入場費漲了兩倍。

---

43 | レンタルりょう【rental 料】

名 租金
例 ウエディングドレスのレンタル料は
　　10 万だ。
譯 結婚禮服的租借費是十萬。

N3 ● 26-4

26-4 財産、金銭 /
財産、金銭

01 | あずかる【預かる】

他五 收存，（代人）保管；擔任，管理，
負責處理；保留，暫不公開
例 お金を預かる。
譯 保管錢。

02 | あずける【預ける】

(他下一) 寄放，存放；委託，託付

例 銀行にお金を預ける。

譯 把錢存放進銀行裡。

03 | かね【金】

(名) 金屬；錢，金錢

例 金がかかる。

譯 花錢。

04 | こぜに【小銭】

(名) 零錢；零用錢；少量資金

例 1000円札を小銭に替える。

譯 將千元鈔兌換成硬幣。

05 | しょうきん【賞金】

(名) 賞金；獎金

例 賞金を手に入れた。

譯 獲得賞金。

06 | せつやく【節約】

(名・他サ) 節約，節省

例 交際費を節約する。

譯 節省應酬費用。

07 | ためる【溜める】

(他下一) 積，存，蓄；積壓，停滯

例 お金を溜める。

譯 存錢。

08 | ちょきん【貯金】

(名・自他サ) 存款，儲蓄

例 毎月決まった額を貯金する。

譯 每個月定額存錢。

パート 27
政治
第二十七章
- 政治 -

27-1 政治、行政、国際 /
政治、行政、國際

01 | けんちょう【県庁】

名 縣政府

例 県庁を訪問する。
けんちょう ほうもん

譯 訪問縣政府。

---

02 | こく【国】

漢造 國；政府；國際，國有

例 国民の怒りが高まる。
こくみん いか たか

譯 人們的怒氣日益高漲。

---

03 | こくさいてき【国際的】

形動 國際的

例 国際的な会議に参加する。
こくさいてき かいぎ さんか

譯 參加國際會議。

---

04 | こくせき【国籍】

名 國籍

例 国籍を変更する。
こくせき へんこう

譯 變更國籍。

---

05 | しょう【省】

名・漢造 省掉；（日本內閣的）省，部

例 新しい省をつくる。
あたら しょう

譯 建立新省。

06 | せんきょ【選挙】

名・他サ 選舉，推選

例 議長を選挙する。
ぎちょう せんきょ

譯 選出議長。

---

07 | ちょう【町】

名・漢造 （市街區劃單位）街，巷；鎮，街

例 町長に選出された。
ちょうちょう せんしゅつ

譯 當上了鎮長。

---

08 | ちょう【庁】

漢造 官署；行政機關的外局

例 官庁に勤める。
かんちょう つと

譯 在政府機關工作。

---

09 | どうちょう【道庁】

名 北海道的地方政府（「北海道庁」之略稱）

例 道庁は札幌市にある。
どうちょう さっぽろし

譯 北海道道廳（地方政府）位於札幌市。

---

10 | とちょう【都庁】

名 東京都政府（「東京都庁」之略稱）

例 新宿都庁が目の前だ。
しんじゅく とちょう めまえ

譯 新宿都政府就在眼前。

11 | パスポート【passport】

（名）護照；身分證

例 パスポートを出^だす。

譯 取出護照。

12 | ふちょう【府庁】

（名）府辦公室

例 府^ふ庁^{ちょう}に招^{まね}かれる。

譯 受府辦公室的招待。

13 | みんかん【民間】

（名）民間；民營，私營

例 皇^{こう}室^{しつ}から民^{みん}間^{かん}人^{じん}になる。

譯 從皇室成為民間老百姓。

14 | みんしゅ【民主】

（名）民主，民主主義

例 民^{みん}主^{しゅ}主^{しゅ}義^ぎを壊^{こわ}す。

譯 破壞民主主義。

27-2 軍事 /
軍事

01 | せん【戦】

（漢造）戰爭；決勝負，體育比賽；發抖

例 博^{はく}物^{ぶつ}館^{かん}で昔^{むかし}の戦^{せん}車^{しゃ}を見^みる。

譯 在博物館參觀以前的戰車。

02 | たおす【倒す】

（他五）倒，放倒，推倒，翻倒；推翻，打倒；
毀壞，拆毀；打敗，擊敗；殺死，擊斃；
賴帳，不還債

例 敵^{てき}を倒^{たお}す。

譯 打倒敵人。

03 | だん【弾】

（漢造）砲彈

例 弾^{だん}丸^{がん}のように速^{はや}い。

譯 如彈丸一般地快。

04 | へいたい【兵隊】

（名）士兵，軍人；軍隊

例 兵^{へい}隊^{たい}に行^いく。

譯 去當兵。

05 | へいわ【平和】

（名・形動）和平，和睦

例 平^{へい}和^わに暮^くらす。

譯 過和平的生活。

パート 28 第二十八章
法律、規則、犯罪
- 法律、規則、犯罪 -

01 | おこる【起こる】　　N3 ● 28
（自五）發生，鬧；興起，興盛；（火）著旺
例 事件が起こる。
譯 發生事件。

02 | きまり【決まり】
（名）規定，規則；習慣，常規，慣例；終結；收拾整頓
例 決まりを守る。
譯 遵守規則。

03 | きんえん【禁煙】
（名・自サ）禁止吸菸；禁菸，戒菸
例 車内は禁煙だ。
譯 車內禁止抽煙。

04 | きんし【禁止】
（名・他サ）禁止
例 「ながらスマホ」は禁止だ。
譯 「走路時玩手機」是禁止的。

05 | ころす【殺す】
（他五）殺死，致死；抑制，忍住，消除；埋沒；浪費，犧牲，典當；殺，（棒球）使出局
例 人を殺す。
譯 殺人。

06 | じけん【事件】

（名）事件，案件
例 事件が起きる。
譯 發生案件。

07 | じょうけん【条件】
（名）條件；條文，條款
例 条件を決める。
譯 決定條件。

08 | しょうめい【証明】
（名・他サ）證明
例 資格を証明する。
譯 證明資格。

09 | つかまる【捕まる】
（自五）抓住，被捉住，逮捕；抓緊，揪住
例 警察に捕まった。
譯 被警察抓到了。

10 | にせ【偽】
（名）假，假冒；贗品
例 偽の１万円札が見つかった。
譯 找到萬圓偽鈔。

11 | はんにん【犯人】
（名）犯人
例 犯人を探す。
譯 尋找犯人。

12 | プライバシー【privacy】

名 私生活，個人私密

例 プライバシーを守る。

譯 保護隱私。

13 | ルール【rule】

名 規章，章程；尺，界尺

例 交通ルールを守る。

譯 遵守交通規則。

29-1 心 (1) /
心、內心 (1)

01 | あきる【飽きる】
(自上一) 夠，滿足；厭煩，煩膩
例 飽きることを知らない。
譯 貪得無厭。

02 | いつのまにか【何時の間にか】
(副) 不知不覺地，不知什麼時候
例 いつの間にか春が来た。
譯 不知不覺春天來了。

03 | いんしょう【印象】
(名) 印象
例 印象が薄い。
譯 印象不深。

04 | うむ【生む】
(他五) 產生，產出
例 誤解を生む。
譯 產生誤解。

05 | うらやましい【羨ましい】
(形) 羨慕，令人嫉妒，眼紅
例 あなたがうらやましい。
譯 (我)羨慕你。

06 | えいきょう【影響】
(名・自サ) 影響
例 影響が大きい。
譯 影響很大。

07 | おもい【思い】
(名) (文)思想，思考；感覺，情感；想念，思念；願望，心願
例 思いにふける。
譯 沈浸在思考中。

08 | おもいで【思い出】
(名) 回憶，追憶，追懷；紀念
例 思い出になる。
譯 成為回憶。

09 | おもいやる【思いやる】
(他五) 體諒，表同情；想像，推測
例 不幸な人を思いやる。
譯 同情不幸的人。

10 | かまう【構う】
(自他五) 介意，顧忌，理睬；照顧，招待；調戲，逗弄；放逐
例 叩かれても構わない。
譯 被攻擊也無所謂。

11 | かん【感】

(名・漢造) 感覺，感動；感

例 責任感が強い。

譯 有很強的責任感。

12 | かんじる・かんずる【感じる・感ずる】

(自他上一) 感覺，感到；感動，感觸，有所感

例 痛みを感じる。

譯 感到疼痛。

13 | かんしん【感心】

(名・形動・自サ) 欽佩；贊成；(貶)令人吃驚

例 皆さんの努力に感心した。

譯 大家的努力令人欽佩。

14 | かんどう【感動】

(名・自サ) 感動，感激

例 感動を受ける。

譯 深受感動。

15 | きんちょう【緊張】

(名・自サ) 緊張

例 緊張が解けた。

譯 緊張舒緩了。

16 | くやしい【悔しい】

(形) 令人懊悔的

例 悔しい思いをする。

譯 覺得遺憾不甘。

17 | こうふく【幸福】

(名・形動) 沒有憂慮，非常滿足的狀態

例 幸福な人生を送る。

譯 過著幸福的生活。

18 | しあわせ【幸せ】

(名・形動) 運氣，機運；幸福，幸運

例 幸せになる。

譯 變得幸福、走運。

19 | しゅうきょう【宗教】

(名) 宗教

例 宗教を信じる。

譯 信仰宗教。

20 | すごい【凄い】

(形) 非常(好)；厲害；好的令人吃驚；可怕，嚇人

例 すごい嵐になった。

譯 轉變成猛烈的暴風雨了。

29-1 心 (2) /
心、內心(2)

21 | そぼく【素朴】

(名・形動) 樸素，純樸，質樸；(思想)純樸

例 素朴な考え方が生まれる。

譯 單純的想法孕育而生。

22 | そんけい【尊敬】

(名・他サ) 尊敬

例 両親を尊敬する。

譯 尊敬雙親。

23 | たいくつ【退屈】

(名・自サ・形動) 無聊，鬱悶，寂，厭倦

例 退屈な日々が続く。

譯 無聊的生活不斷持續著。

24 | のんびり

(副・自サ) 舒適，逍遙，悠然自得

例 のんびり暮らす。

譯 悠閒度日。

25 | ひみつ【秘密】

(名・形動) 秘密，機密

例 これは二人だけの秘密だよ。

譯 這是屬於我們兩個人的秘密喔。

26 | ふこう【不幸】

(名) 不幸，倒楣；死亡，喪事

例 不幸を招く。

譯 招致不幸。

27 | ふしぎ【不思議】

(名・形動) 奇怪，難以想像，不可思議

例 不思議なことを起こす。

譯 發生不可思議的事。

28 | ふじゆう【不自由】

(名・形動・自サ) 不自由，不如意，不充裕；(手腳)不聽使喚；不方便

例 金に不自由しない。

譯 不缺錢。

29 | へいき【平気】

(名・形動) 鎮定，冷靜；不在乎，不介意，無動於衷

例 平気な顔をする。

譯 一副冷靜的表情。

30 | ほっと

(副・自サ) 嘆氣貌；放心貌

例 ほっと息をつく。

譯 鬆了一口氣。

31 | まさか

(副) (後接否定語氣)絕不…，總不會…，難道；萬一，一旦

例 まさかの時に備える。

譯 以備萬一。

32 | まんぞく【満足】

(名・自他サ・形動) 滿足，令人滿意的，心滿意足；滿足，符合要求；完全，圓滿

例 満足に暮らす。

譯 美滿地過日子。

33 | むだ【無駄】

(名・形動) 徒勞，無益；浪費，白費

例 無駄な努力はない。

譯 沒有白費力氣的。

34 | もったいない

(形) 可惜的，浪費的；過份的，惶恐的，不敢當

例 もったいないことをした。

譯 真是浪費。

35 | ゆたか【豊か】

形動 豊富，寬裕；豐盈；十足，足夠

例 豊かな生活を送る。

譯 過著富裕的生活。

36 | ゆめ【夢】

名 夢；夢想

例 甘い夢を見続けている。

譯 持續做著美夢。

37 | よい【良い】

形 好的，出色的；漂亮的；（同意）可以

例 良い友に恵まれる。

譯 遇到益友。

38 | らく【楽】

名·形動·漢造 快樂，安樂，快活；輕鬆，
簡單；富足，充裕

例 楽に暮らす。

譯 輕鬆地過日子。

29-2 意志 /
意志

01 | あたえる【与える】

他下一 給與，供給；授與；使蒙受；分配

例 機会を与える。

譯 給予機會。

02 | がまん【我慢】

名·他サ 忍耐，克制，將就，原諒；（佛）
饒恕

例 我慢ができない。

譯 不能忍受。

03 | がまんづよい【我慢強い】

形 忍耐性強，有忍耐力

例 本当にがまん強い。

譯 有耐性。

04 | きぼう【希望】

名·他サ 希望，期望，願望

例 どんな時も希望を持つ。

譯 懷抱希望。

05 | きょうちょう【強調】

名·他サ 強調；權力主張；（行情）看漲

例 特に強調する。

譯 特別強調。

06 | くせ【癖】

名 癖好，脾氣，習慣；（衣服的）摺線；
頭髮亂翹

例 癖がつく。

譯 養成習慣。

07 | さける【避ける】

他下一 躲避，避開，逃避；避免，忌諱

例 問題を避ける。

譯 迴避問題。

08 | さす【刺す】

他五 刺，穿，扎；螫，咬，釘；縫綴，衲；
捉住，黏捕

例 包丁で刺す。

譯 以菜刀刺入。

09 | さんか【参加】

(名・自サ) 参加，加入
例 参加を申し込む。
譯 報名參加。

10 | じっこう【実行】

(名・他サ) 實行，落實，施行
例 実行に移す。
譯 付諸實行。

11 | じっと

(副・自サ) 保持穩定，一動不動；凝神，聚精會神；一聲不響地忍住；無所做為，呆住
例 相手の顔をじっと見る。
譯 凝神注視對方的臉。

12 | じまん【自慢】

(名・他サ) 自滿，自誇，自大，驕傲
例 成績を自慢する。
譯 以成績為傲。

13 | しんじる・しんずる【信じる・信ずる】

(他上一) 信，相信，確信，深信，信賴，可靠；信仰
例 あなたを信じる。
譯 信任你。

14 | しんせい【申請】

(名・他サ) 申請，聲請
例 facebook で友達申請が来た。
譯 有人向我的臉書傳送了交友邀請。

15 | すすめる【薦める】

(他下一) 勧告，勧告，勧誘；勧，敬(煙、酒、茶、座等)
例 A大学を薦める。
譯 推薦A大學。

16 | すすめる【勧める】

(他下一) 勧告，勧誘；勧，進(煙茶酒等)
例 入会を勧める。
譯 勧説加入會員。

17 | だます【騙す】

(副) 騙，欺騙，誆騙，矇騙；哄
例 人を騙す。
譯 騙人。

18 | ちょうせん【挑戦】

(名・自サ) 挑戦
例 世界記録に挑戦する。
譯 挑戰世界紀錄。

19 | つづける【続ける】

(接尾) (接在動詞連用形後，複合語用法) 繼續…，不斷地…
例 テニスを練習し続ける。
譯 不斷地練習打網球。

20 | どうしても

(副) (後接否定)怎麼也，無論怎樣也；務必，一定，無論如何也要
例 どうしても行きたい。
譯 無論如何我都要去。

21 | なおす【直す】

接尾 (前接動詞連用形)重做…

例 もう一度人生をやり直す。

譯 人生再次從零出發。

22 | ふちゅうい(な)【不注意(な)】

形動 不注意，疏忽，大意

例 不注意な発言が多すぎる。

譯 失言之處過多。

23 | まかせる【任せる】

他下一 委託，託付；聽任，隨意；盡力，盡量

例 運を天に任せる。

譯 聽天由命。

24 | まもる【守る】

他五 保衛，守護；遵守，保守；保持(忠貞)；(文)凝視

例 秘密を守る。

譯 保密。

25 | もうしこむ【申し込む】

他五 提議，提出；申請；報名；訂購；預約

例 結婚を申し込む。

譯 求婚。

26 | もくてき【目的】

名 目的，目標

例 目的を達成する。

譯 達到目的。

27 | ゆうき【勇気】

形動 勇敢

例 勇気を出す。

譯 提起勇氣。

28 | ゆずる【譲る】

他五 讓給，轉讓；謙讓，讓步；出讓，賣給；改日，延期

例 道を譲る。

譯 讓路。

29-3 好き、嫌い /
喜歡、討厭

01 | あい【愛】

名・漢造 愛，愛情；友情，恩情；愛好，熱愛；喜愛；喜歡；愛惜

例 親の愛が伝わる。

譯 感受到父母的愛。

02 | あら【粗】

名 缺點，毛病

例 粗を探す。

譯 雞蛋裡挑骨頭。

03 | にんき【人気】

名 人緣，人望

例 あのタレントは人気がある。

譯 那位藝人很受歡迎。

04 | ねっちゅう【熱中】

名・自サ 熱中，專心；酷愛，著迷於

例 ゲームに熱中する。

譯 沈迷於電玩。

05 | ふまん【不満】

(名・形動) 不満足，不満，不平

例 不満をいだく。

譯 心懷不滿。

06 | むちゅう【夢中】

(名・形動) 夢中，在睡夢裡；不顧一切，熱中，沉醉，著迷

例 夢中になる。

譯 入迷。

07 | めいわく【迷惑】

(名・自サ) 麻煩，煩擾；為難，困窘；討厭，妨礙，打攪

例 迷惑をかける。

譯 添麻煩。

08 | めんどう【面倒】

(名・形動) 麻煩，費事；繁瑣，棘手；照顧，照料

例 面倒を見る。

譯 照料。

09 | りゅうこう【流行】

(名・自サ) 流行，時髦，時興；蔓延

例 去年はグレーが流行した。

譯 去年是流行灰色。

10 | れんあい【恋愛】

(名・自サ) 戀愛

例 恋愛に陥った。

譯 墜入愛河。

29-4 喜び、笑い /
高興、笑

01 | こうふん【興奮】

(名・自サ) 興奮，激昂；情緒不穩定

例 興奮して眠れなかった。

譯 激動得睡不著覺。

02 | さけぶ【叫ぶ】

(自五) 喊叫，呼叫，大聲叫；呼喊，呼籲

例 急に叫ぶ。

譯 突然大叫。

03 | たかまる【高まる】

(自五) 高漲，提高，增長；興奮

例 気分が高まる。

譯 情緒高漲。

04 | たのしみ【楽しみ】

(名) 期待，快樂

例 楽しみにしている。

譯 很期待。

05 | ゆかい【愉快】

(名・形動) 愉快，暢快；令人愉快，討人喜歡；令人意想不到

例 愉快に楽しめる。

譯 愉快的享受。

06 | よろこび【喜び・慶び】

(名) 高興，歡喜，喜悦；喜事，喜慶事；道喜，賀喜

例 慶びの言葉を述べる。

譯 致賀詞。

07 | わらい【笑い】

③ 笑；笑聲；嘲笑，譏笑，冷笑

例 お腹が痛くなるほど笑った。

譯 笑得肚子都痛了。

29-5 悲しみ、苦しみ /
悲傷、痛苦

01 | かなしみ【悲しみ】

③ 悲哀，悲傷，憂愁，悲痛

例 悲しみを感じる。

譯 感到悲痛。

02 | くるしい【苦しい】

形 艱苦；困難；難過；勉強

例 生活が苦しい。

譯 生活很艱苦。

03 | ストレス【stress】

③ （語）重音；（理）壓力；（精神）緊張狀態

例 ストレスで胃が痛い。

譯 由於壓力而引起胃痛。

04 | たまる【溜まる】

自五 事情積壓；積存，囤積，停滯

例 ストレスが溜まっている。

譯 累積了不少壓力。

05 | まけ【負け】

③ 輸，失敗；減價；（商店送給客戶的）贈品

例 私の負けだ。

譯 我輸了。

06 | わかれ【別れ】

③ 別，離別，分離；分支，旁系

例 別れが悲しい。

譯 傷感離別。

29-6 驚き、恐れ、怒り /
驚懼、害怕、憤怒

01 | いかり【怒り】

③ 憤怒，生氣

例 怒りが抑えられない。

譯 怒不可遏。

02 | さわぎ【騒ぎ】

③ 吵鬧，吵嚷；混亂，鬧事；轟動一時（的事件），激動，振奮

例 騒ぎが起こった。

譯 引起騷動。

03 | ショック【shock】

③ 震動，刺激，打擊；（手術或注射後的）休克

例 ショックを受けた。

譯 受到打擊。

04 | ふあん【不安】

名・形動 不安，不放心，擔心；不穩定

例 不安をおぼえる。

譯 感到不安。

05 | ぼうりょく【暴力】

③ 暴力，武力

例 夫に暴力を振るわれる。

譯 受到丈夫家暴。

06 | もんく【文句】

(名) 詞句,語句;不平或不滿的意見,異議
(例) 文句を言う。
(譯) 抱怨。

29-7 感謝、後悔 /
感謝、悔恨

01 | かんしゃ【感謝】

(名·自他サ) 感謝
(例) 心から感謝する。
(譯) 衷心感謝。

02 | こうかい【後悔】

(名·他サ) 後悔,懊悔
(例) 話を聞けばよかったと後悔している。
(譯) 後悔應該聽他説的才對。

03 | たすかる【助かる】

(自五) 得救,脱險;有幫助,輕鬆;節省(時間、費用、麻煩等)
(例) ご協力いただけると助かります。
(譯) 能得到您的鼎力相助那就太好了。

04 | にくらしい【憎らしい】

(形) 可憎的,討厭的,令人憎恨的
(例) あの男が憎らしい。
(譯) 那男人真是可恨啊。

05 | はんせい【反省】

(名·他サ) 反省,自省(思想與行為);重新考慮

(例) 深く反省している。
(譯) 深深地反省。

06 | ひ【非】

(名·接頭) 非,不是
(例) 自分の非を詫びる。
(譯) 承認自己的錯誤。

07 | もうしわけない【申し訳ない】

(寒暄) 實在抱歉,非常對不起,十分對不起
(例) 申し訳ない気持ちで一杯だ。
(譯) 心中充滿歉意。

08 | ゆるす【許す】

(他五) 允許,批准;寬恕;免除;容許;承認;委託;信賴;疏忽,放鬆;釋放
(例) 君を許す。
(譯) 我原諒你。

09 | れい【礼】

(名·漢造) 禮儀,禮節,禮貌;鞠躬;道謝,致謝;敬禮;禮品
(例) 礼を欠く。
(譯) 欠缺禮貌。

10 | れいぎ【礼儀】

(名) 禮儀,禮節,禮法,禮貌
(例) 礼儀正しい青年だ。
(譯) 有禮的青年。

11 | わび【詫び】

(名) 賠不是,道歉,表示歉意
(例) 丁寧なお詫びの言葉を頂きました。
(譯) 得到畢恭畢敬的賠禮。

思考、言語

- 思考、語言 -

30-1 思考 /
思考

01 | あいかわらず【相変わらず】

(副) 照舊，仍舊，和往常一樣

例 相変わらずお元気ですね。

譯 您還是那麼精神百倍啊！

02 | アイディア【idea】

(名) 主意，想法，構想；(哲)觀念

例 アイディアを考える。

譯 想點子。

03 | あんがい【案外】

(副·形動) 意想不到，出乎意外

例 案外やさしかった。

譯 出乎意料的簡單。

04 | いがい【意外】

(名·形動) 意外，想不到，出乎意料

例 意外に簡単だ。

譯 意外的簡單。

05 | おもいえがく【思い描く】

(他五) 在心裡描繪，想像

例 将来の生活を思い描く。

譯 在心裡描繪未來的生活。

06 | おもいつく【思い付く】

(自他五) (忽然)想起，想起來

例 いいことを思いついた。

譯 我想到了一個好點子。

07 | かのう【可能】

(名·形動) 可能

例 可能な範囲でお願いします。

譯 在可能的範圍內請多幫忙。

08 | かわる【変わる】

(自五) 變化，與眾不同；改變時間地點，遷居，調任

例 考えが変わる。

譯 改變想法。

09 | かんがえ【考え】

(名) 思想，想法，意見；念頭，觀念，信念；考慮，思考；期待，願望；決心

例 考えが甘い。

譯 想法天真。

10 | かんそう【感想】

(名) 感想

例 感想を聞く。

譯 聽取感想。

11 | ごかい【誤解】

(名·他サ) 誤解，誤會

例 誤解を招く。

譯 導致誤會。

12 | そうぞう【想像】

名·他サ 想像

例 想像もつきません。

譯 真叫人無法想像。

13 | つい

副 (表時間與距離)相隔不遠，就在眼前；不知不覺，無意中；不由得，不禁

例 つい傘を間違えた。

譯 不小心拿錯了傘。

14 | ていあん【提案】

名·他サ 提案，建議

例 提案を受ける。

譯 接受建議。

15 | ねらい【狙い】

名 目標，目的；瞄準，對準

例 狙いを外す。

譯 錯過目標。

16 | のぞむ【望む】

他五 遠望，眺望；指望，希望；仰慕，景仰

例 成功を望む。

譯 期望成功。

17 | まし（な）

形動 (比)好些，勝過；像樣

例 ないよりましだ。

譯 有勝於無。

18 | まよう【迷う】

自五 迷，迷失；困惑；迷戀；(佛)執迷；(古)(毛線、線繩等)絮亂，錯亂

例 道に迷う。

譯 迷路。

19 | もしかしたら

連語·副 或許，萬一，可能，説不定

例 もしかしたら優勝するかも。

譯 也許會獲勝也説不定。

20 | もしかして

連語·副 或許，可能

例 もしかして伊藤さんですか。

譯 您該不會是伊藤先生吧？

21 | もしかすると

副 也許，或，可能

例 もしかすると、受かるかもしれない。

譯 説不定會考上。

22 | よそう【予想】

名·自サ 預料，預測，預計

例 予想が当たった。

譯 預料命中。

30-2 判斷 /
判斷

01 | あてる【当てる】

他下一 碰撞，接觸；命中；猜，預測；貼上，放上；測量；對著，朝向

例 年を当てる。

譯 猜中年齡。

02 | おもいきり【思い切り】

（名・副）斷念，死心；果斷，下決心；狠狠地，盡情地，徹底的

例 思い切り遊びたい。

譯 想盡情地玩。

03 | おもわず【思わず】

（副）禁不住，不由得，意想不到地，下意識地

例 思わず殴る。

譯 不由自主地揍了下去。

04 | かくす【隠す】

（他五）藏起來，隱瞞，掩蓋

例 帽子で顔を隠す。

譯 用帽子蓋住頭。

05 | かくにん【確認】

（名・他サ）證實，確認，判明

例 確認を取る。

譯 加以確認。

06 | かくれる【隠れる】

（自下一）躲藏，隱藏；隱遁；不為人知，潛在的

例 親に隠れてたばこを吸っていた。

譯 以前瞞著父母偷偷抽菸。

07 | かもしれない

（連語）也許，也未可知

例 あなたの言う通りかもしれない。

譯 或許如你說的。

08 | きっと

（副）一定，必定；（神色等）嚴屬地，嚴肅地

例 明日はきっと晴れるでしょう。

譯 明日一定會放晴。

09 | ことわる【断る】

（他五）謝絕；預先通知，事前請示

例 結婚を申し込んだが断られた。

譯 向他求婚，卻遭到了拒絕。

10 | さくじょ【削除】

（名・他サ）刪掉，刪除，勾消，抹掉

例 名前を削除する。

譯 刪除姓名。

11 | さんせい【賛成】

（名・自サ）贊成，同意

例 提案に賛成する。

譯 贊成這項提案。

12 | しゅだん【手段】

（名）手段，方法，辦法

例 手段を選ばない。

譯 不擇手段。

13 | しょうりゃく【省略】

（名・副・他サ）省略，從略

例 説明を省略する。

譯 省略説明。

14 | たしか【確か】

（副）（過去的事不太記得）大概，也許

例 確か言ったことがある。
譯 好像曾經有說過。

15｜たしかめる【確かめる】

(他下一) 查明，確認，弄清
例 気持ちを確かめる。
譯 確認心意。

16｜たてる【立てる】

(他下一) 立起；訂立
例 旅行の計画を立てる。
譯 訂定旅遊計畫。

17｜たのみ【頼み】

(名) 懇求，請求，拜託；信賴，依靠
例 頼みがある。
譯 有事想拜託你。

18｜チェック【check】

(名·他サ) 確認，檢查；核對，打勾；格子花紋；支票；號碼牌
例 メールをチェックする。
譯 檢查郵件。

19｜ちがい【違い】

(名) 不同，差別，區別；差錯，錯誤
例 違いが出る。
譯 出現差異。

20｜ちょうさ【調査】

(名·他サ) 調查
例 調査が行われる。
譯 展開調查。

21｜つける【付ける・附ける・着ける】

(他下一·接尾) 掛上，裝上；穿上，配戴；評定，決定；寫上，記上；定(價)，出(價)；養成；分配，派；安裝；注意；抹上，塗上
例 値段をつける。
譯 定價。

22｜てきとう【適当】

(名·形動·自サ) 適當；適度；隨便
例 送別会に適当な店を探す。
譯 尋找適合舉辦歡送會的店家。

23｜できる

(自上一) 完成；能夠
例 1週間でできる。
譯 一星期內完成。

24｜てってい【徹底】

(名·自サ) 徹底；傳遍，普遍，落實
例 徹底した調査を行う。
譯 進行徹底的調查。

25｜とうぜん【当然】

(形動·副) 當然，理所當然
例 夫は家族を養うのが当然だ。
譯 老公養家餬口是理所當然的事。

26｜ぬるい【温い】

(形) 微溫，不冷不熱，不夠熱
例 考え方が温い。
譯 思慮不夠周密。

27 | のこす【残す】

他五 留下，剩下；存留；遺留；（相撲頂住對方的進攻）開腳站穩

例 メモを残す。

譯 留下紙條。

28 | はんたい【反対】

名・自サ 相反；反對

例 意見に反対する。

譯 對意見給予反對。

29 | ふかのう（な）【不可能（な）】

形動 不可能的，做不到的

例 彼に勝つことは不可能だ。

譯 不可能贏過他的。

30-3 理解 /
理解

01 | かいけつ【解決】

名・自他サ 解決，處理

例 問題が解決する。

譯 問題得到解決。

02 | かいしゃく【解釈】

名・他サ 解釋，理解，説明

例 正しく解釈する。

譯 正確的解釋。

03 | かなり

副・形動・名 相當，頗

例 かなり疲れる。

譯 相當疲憊。

04 | さいこう【最高】

名・形動 （高度、位置、程度）最高，至高無上；頂，極，最

例 最高に面白い映画だ。

譯 最有趣的電影。

05 | さいてい【最低】

名・形動 最低，最差，最壊

例 君は最低の男だ。

譯 你真是個差勁無比的男人。

06 | そのうえ【その上】

接續 又，而且，加之，兼之

例 質がいい、その上値段も安い。

譯 不只品質佳，而且價錢便宜。

07 | そのうち【その内】

副・連語 最近，過幾天，不久；其中

例 兄はその内帰ってくるから、暫く待ってください。

譯 我哥哥就快要回來了，請稍等一下。

08 | それぞれ

副 每個（人），分別，各自

例 それぞれの問題が違う。

譯 每個人的問題不同。

09 | だいたい【大体】

副 大部分；大致；大概

例 この曲はだいたい弾けるようになった。

譯 大致會彈這首曲子了。

10 | だいぶ【大分】

(名・形動) 很，頗，相當，相當地，非常

例 だいぶ日が長くなった。

譯 白天變得比較長了。

11 | ちゅうもく【注目】

(名・他サ・自サ) 注目，注視

例 人に注目される。

譯 引人注目。

12 | ついに【遂に】

(副) 終於；竟然；直到最後

例 遂に現れた。

譯 終於出現了。

13 | とく【特】

(漢造) 特，特別，與眾不同

例 すばらしい特等席へどうぞ。

譯 請上坐最棒的頭等座。

14 | とくちょう【特徴】

(名) 特徵，特點

例 特徴のある顔をしている。

譯 長著一副別具特色的臉。

15 | なっとく【納得】

(名・他サ) 理解，領會；同意，信服

例 納得がいく。

譯 信服。

16 | ひじょう【非常】

(名・形動) 非常，很，特別；緊急，緊迫

例 社員の提案を非常に重視する。

譯 非常重視社員的提案。

17 | べつ【別】

(名・形動・漢造) 分別，區分；分別

例 別の方法を考える。

譯 想別的方法。

18 | べつべつ【別々】

(形動) 各自，分別

例 別々に研究する。

譯 分別研究。

19 | まとまる【纏まる】

(自五) 解決，商訂，完成，談妥；湊齊，湊在一起；集中起來，概括起來，有條理

例 意見がまとまる。

譯 意見一致。

20 | まとめる【纏める】

(他下一) 解決，結束；總結，概括；匯集，收集；整理，收拾

例 意見をまとめる。

譯 整理意見。

21 | やはり・やっぱり

(副) 果然；還是，仍然

例 やっぱり思ったとおりだ。

譯 果然跟我想的一樣。

22 | りかい【理解】

(名・他サ) 理解，領會，明白；體諒，諒解

例 彼女の考えは理解しがたい。

譯 我無法理解她的想法。

23 | わかれる【分かれる】

（自下一）分裂；分離，分開；區分，劃分；區別

例 意見が分かれる。

譯 意見產生分歧。

24 | わける【分ける】

（他下一）分，分開；區分，劃分；分配，分給；分開，排開，擠開

例 等分に分ける。

譯 均分。

30-4 知識 /
知識

01 | あたりまえ【当たり前】

（名）當然，應然；平常，普通

例 借金を返すのは当たり前だ。

譯 借錢就要還。

02 | うる【得る】

（他下二）得到；領悟

例 得るところが多い。

譯 獲益良多。

03 | える【得る】

（他下一）得，得到；領悟，理解；能夠

例 知識を得る。

譯 獲得知識。

04 | かん【観】

（名・漢造）觀感，印象，樣子；觀看；觀點

例 人生観が変わる。

譯 改變人生觀。

05 | くふう【工夫】

（名・自サ）設法

例 やりやすいように工夫する。

譯 設法讓工作更有效率。

06 | くわしい【詳しい】

（形）詳細；精通，熟悉

例 事情に詳しい。

譯 深知詳情。

07 | けっか【結果】

（名・自他サ）結果，結局

例 結果から見る。

譯 從結果上來看。

08 | せいかく【正確】

（名・形動）正確，準確

例 正確に記録する。

譯 正確記錄下來。

09 | ぜったい【絶対】

（名・副）絕對，無與倫比；堅絕，斷然，一定

例 絶対に面白いよ。

譯 一定很有趣喔。

10 | ちしき【知識】

（名）知識

例 知識を得る。

譯 獲得知識。

11 | てき【的】

（接尾・形動）（前接名詞）關於，對於；表示狀態或性質

例 一般的な例を挙げる。
譯 舉一般性例子。

12 | できごと【出来事】

名 (偶發的)事件，變故
例 不思議な出来事に遭う。
譯 遇到不可思議的事情。

13 | とおり【通り】

接尾 種類；套，組
例 やり方は三通りある。
譯 作法有三種方法。

14 | とく【解く】

他五 解開；拆開(衣服)；消除，解除(禁令、條約等)；解答
例 謎を解く。
譯 解開謎題。

15 | とくい【得意】

名・形動 (店家的)主顧；得意，滿意；自滿，得意洋洋；拿手
例 得意先を回る。
譯 拜訪老主顧。

16 | とける【解ける】

自下一 解開，鬆開(綁著的東西)；消，解消(怒氣等)；解除(職責、契約等)；解開(疑問等)
例 問題が解けた。
譯 問題解決了。

17 | ないよう【内容】

名 内容

例 手紙の内容を知っている。
譯 知道信的内容。

18 | にせる【似せる】

他下一 模仿，仿效；偽造
例 本物に似せる。
譯 與真物非常相似。

19 | はっけん【発見】

名・他サ 發現
例 新しい星を発見した。
譯 發現新的行星。

20 | はつめい【発明】

名・他サ 發明
例 機械を発明した。
譯 發明機器。

21 | ふかめる【深める】

他下一 加深，加強
例 知識を深める。
譯 增進知識。

22 | ほうほう【方法】

名 方法，辦法
例 方法を考え出す。
譯 想出辦法。

23 | まちがい【間違い】

名 錯誤，過錯；不確實
例 間違いを直す。
譯 改正錯誤。

24 | まちがう【間違う】

他五・自五 做錯，搞錯；錯誤

例 計算を間違う。

譯 算錯了。

25 | まちがえる【間違える】

他下一 錯；弄錯

例 人の傘と間違える。

譯 跟別人的傘弄錯了。

26 | まったく【全く】

副 完全，全然；實在，簡直；(後接否定)
絕對，完全

例 まったく違う。

譯 全然不同。

27 | ミス【miss】

名・自サ 失敗，錯誤，差錯

例 仕事でミスを犯す。

譯 工作上犯了錯。

28 | りょく【力】

漢造 力量

例 実力がある。

譯 有實力。

30-5 言語 /
語言

01 | ぎょう【行】

名・漢造 (字的)行；(佛)修行；行書

例 行をかえる。

譯 另起一行。

02 | く【句】

名 字，字句；俳句

例 俳句の季語を春に換える。

譯 俳句的季語換成春。

03 | ごがく【語学】

名 外語的學習，外語，外語課

例 語学が得意だ。

譯 在語言方面頗具長才。

04 | こくご【国語】

名 一國的語言；本國語言；(學校的)
國語(課)，語文(課)

例 国語の教師になる。

譯 成為國文老師。

05 | しめい【氏名】

名 姓與名，姓名

例 解答用紙の右上に氏名を書く。

譯 在答案用紙的右上角寫上姓名。

06 | ずいひつ【随筆】

名 隨筆，小品文，散文，雜文

例 随筆を書く。

譯 寫散文。

07 | どう【同】

名 同樣，同等；(和上面的)相同

例 国同士の関係が深まる。

譯 加深國與國之間的關係。

08 | ひょうご【標語】

名 標語

例 交通安全の標語を考える。
譯 正在思索交通安全的標語。

09 | ふ【不】

(接頭・漢造) 不；壞；醜；笨
例 不注意でけがをした。
譯 因為不小心而受傷。

10 | ふごう【符号】

(名) 符號，記號；(數)符號
例 数学の符号を使う。
譯 使用數學符號。

11 | ぶんたい【文体】

(名)(某時代特有的)文體;(某作家特有的)風格
例 漱石の文体をまねる。
譯 模仿夏目漱石的文章風格。

12 | へん【偏】

(名・漢造) 漢字的(左)偏旁；偏，偏頗
例 辞典で衣偏を見る。
譯 看辭典的衣部(部首)。

13 | めい【名】

(名・接頭) 知名…
例 この映画は名作だ。
譯 這電影是一部傑出的名作。

14 | やくす【訳す】

(他五) 翻譯；解釋
例 英語を日本語に訳す。
譯 英譯日。

15 | よみ【読み】

(名) 唸，讀；訓讀；判斷，盤算
例 正しい読み方は別にある。
譯 有別的正確念法。

16 | ローマじ【Roma 字】

(名) 羅馬字
例 ローマ字で入力する。
譯 用羅馬字輸入。

N3 ● 30-6(1)

30-6 表現 (1) /
表達(1)

01 | あいず【合図】

(名・自サ) 信號，暗號
例 合図を送る。
譯 遞出信號。

02 | アドバイス【advice】

(名・他サ) 勸告，提意見；建議
例 アドバイスをする。
譯 提出建議。

03 | あらわす【表す】

(他五) 表現出，表達；象徵，代表
例 言葉で表せない。
譯 無法言喻。

04 | あらわれる【表れる】

(自下一) 出現，出來；表現，顯出
例 不満が顔に表れている。
譯 臉上露出不服氣的神情。

05 | あらわれる【現れる】
(自下一) 出現，呈現，顯露
例 彼の能力が現れる。
譯 他顯露出才華。

06 | あれっ・あれ
(感) 哎呀
例 あれ、どうしたの。
譯 哎呀，怎麼了呢？

07 | いえ
(感) 不，不是
例 いえ、違います。
譯 不，不是那樣。

08 | いってきます【行ってきます】
(寒暄) 我出門了
例 挨拶に行ってきます。
譯 去打聲招呼。

09 | いや
(感) 不；沒什麼
例 いや、それは違う。
譯 不，不是那樣的。

10 | うわさ【噂】
(名・自サ) 議論，閒談；傳說，風聲
例 噂を立てる。
譯 散布謠言。

11 | おい
(感) （主要是男性對同輩或晚輩使用）打招呼的喂，唉；(表示輕微的驚訝)呀！啊！

例 おい、大丈夫か。
譯 喂！你還好吧。

12 | おかえり【お帰り】
(寒暄) （你）回來了
例 もう、お帰りですか。
譯 您要回去了啊？

13 | おかえりなさい【お帰りなさい】
(寒暄) 回來了
例 「ただいま」「お帰りなさい」。
譯 「我回來了」「你回來啦。」

14 | おかけください
(敬) 請坐
例 どうぞ、おかけください。
譯 請坐下。

15 | おかまいなく【お構いなく】
(敬) 不管，不在乎，不介意
例 どうぞ、お構いなく。
譯 請不必客氣。

16 | おげんきですか【お元気ですか】
(寒暄) 你好嗎？
例 ご両親はお元気ですか。
譯 請問令尊與令堂安好嗎？

17 | おさきに【お先に】
(敬) 先離開了，先告辭了
例 お先に、失礼します。
譯 我先告辭了。

18 | おしゃべり【お喋り】

(名・自サ・形動) 閒談，聊天；愛説話的人，健談的人

例 おしゃべりに夢中になる。

譯 熱中於閒聊。

19 | おじゃまします【お邪魔します】

(敬) 打擾了

例 「いらっしゃいませ」「お邪魔します」。

譯 「歡迎光臨」「打擾了」。

20 | おせわになりました【お世話になりました】

(敬) 受您照顧了

例 いろいろと、お世話になりました。

譯 感謝您多方的關照。

21 | おまちください【お待ちください】

(敬) 請等一下

例 少々、お待ちください。

譯 請等一下。

22 | おまちどおさま【お待ちどおさま】

(敬) 久等了

例 お待ちどおさま、こちらへどうぞ。

譯 久等了，這邊請。

23 | おめでとう

(寒暄) 恭喜

例 大学合格、おめでとう。

譯 恭喜你考上大學。

24 | おやすみ【お休み】

(寒暄) 休息；晚安

例 「お休み」「お休みなさい」。

譯 「晚安！」「晚安！」。

25 | おやすみなさい【お休みなさい】

(寒暄) 晚安

例 もう寝るよ。お休みなさい。

譯 我要睡了，晚安。

26 | おん【御】

(接頭) 表示敬意

例 御礼申し上げます。

譯 致以深深的謝意。

27 | けいご【敬語】

(名) 敬語

例 敬語を使う。

譯 使用敬語。

28 | ごえんりょなく【ご遠慮なく】

(敬) 請不用客氣

例 どうぞ、ご遠慮なく。

譯 請不用客氣。

29 | ごめんください

(名・形動・副) (道歉、叩門時)對不起，有人在嗎？

例 ごめんください、おじゃまします。

譯 對不起，打擾了。

30 | じつは【実は】

（副）説真的，老實説，事實是，説實在的

例 実は私がやったのです。

譯 老實説是我做的。

30-6 表現 (2) /
表達 (2)

31 | しつれいします【失礼します】

（感）（道歉）對不起；（先行離開）先走一步；（進門）不好意思打擾了；（職場用語 - 掛電話時）不好意思先掛了；（入座）謝謝

例 お先に失礼します。

譯 我先失陪了。

32 | じょうだん【冗談】

（名）戲言，笑話，詼諧，玩笑

例 冗談を言うな。

譯 不要亂開玩笑。

33 | すなわち【即ち】

（接續）即，換言之；即是，正是；則，彼時；乃，於是

例 1 ポンド、すなわち 100 ペンスで買った。

譯 以一磅也就是100英鎊購買。

34 | すまない

（連語）對不起，抱歉；（做寒暄語）對不起

例 すまないと言ってくれた。

譯 向我道歉。

35 | すみません【済みません】

（連語）抱歉，不好意思

例 お待たせしてすみません。

譯 讓您久等，真是抱歉。

36 | ぜひ【是非】

（名・副）務必；好與壞

例 是非お電話ください。

譯 請一定打電話給我。

37 | そこで

（接續）因此，所以；（轉換話題時）那麼，下面，於是

例 そこで、私は意見を言った。

譯 於是，我説出了我的看法。

38 | それで

（接）因此；後來

例 それで、いつ終わるの。

譯 那麼，什麼時候結束呢？

39 | それとも

（接續）或著，還是

例 コーヒーにしますか、それとも紅茶にしますか。

譯 您要咖啡還是紅茶？

40 | ただいま

（名・副）現在；馬上；剛才；（招呼語）我回來了

例 ただいま帰りました。

譯 我回來了。

41 | つたえる【伝える】

（他下一）傳達，轉告；傳導

例 部下に伝える。
譯 轉告給下屬。

---

42 | つまり

(名・副) 阻塞，困窘；到頭，盡頭；總之，說到底；也就是說，即…

例 つまり、こういうことです。
譯 也就是說，是這個意思。

---

43 | で

(接續) 那麼；（表示原因）所以

例 台風で学校が休みだ。
譯 因為颱風所以學校放假。

---

44 | でんごん【伝言】

(名・自他サ) 傳話，口信；帶口信

例 伝言がある。
譯 有留言。

---

45 | どんなに

(副) 怎樣，多麼，如何；無論如何…也

例 どんなにがんばっても、うまくいかない。
譯 不管你再怎麼努力，事情還是不能順利發展。

---

46 | なぜなら（ば）【何故なら（ば）】

(接續) 因為，原因是

例 もういや、なぜなら彼はひどい。
譯 我投降了，因為他太惡劣了。

---

47 | なにか【何か】

(連語・副) 什麼；總覺得

例 何か飲みたい。
譯 想喝點什麼。

---

48 | バイバイ【bye-bye】

(寒暄) 再見，拜拜

例 バイバイ、またね。
譯 掰掰，再見。

---

49 | ひょうろん【評論】

(名・他サ) 評論，批評

例 雑誌に映画の評論を書く。
譯 為雜誌撰寫影評。

---

50 | べつに【別に】

(副) （後接否定）不特別

例 別に忙しくない。
譯 不特別忙。

---

51 | ほうこく【報告】

(名・他サ) 報告，匯報，告知

例 事件を報告する。
譯 報告案件。

---

52 | まねる【真似る】

(他下一) 模效，仿效

例 上司の口ぶりを真似る。
譯 仿效上司的說話口吻。

---

53 | まるで

(副) （後接否定）簡直，全部，完全；好像，宛如，恰如

例 まるで夢のようだ。
譯 宛如作夢一般。

54 | メッセージ【message】

(名) 電報，消息，口信；致詞，祝詞；(美國總統)咨文

例 祝賀(しゅくが)のメッセージを送(おく)る。

譯 寄送賀詞。

55 | よいしょ

(感) (搬重物等吆喝聲)嘿咻

例「よいしょ」と立(た)ち上(あ)がる。

譯 一聲「嘿咻」就站了起來。

56 | ろん【論】

(名·漢造·接尾) 論，議論

例 その論(ろん)の立(た)て方(かた)はおかしい。

譯 那一立論方法很奇怪。

57 | ろんじる・ろんずる【論じる・論ずる】

(他上一) 論，論述，闡述

例 事(こと)の是非(ぜひ)を論(ろん)じる。

譯 論述事情的是與非。

N3 ● 30-7

30-7 文書、出版物 / 文章文書、出版物

01 | エッセー・エッセイ【essay】

(名) 小品文，隨筆；(隨筆式的)短論文

例 エッセーを読(よ)む。

譯 閱讀小品文。

02 | かん【刊】

(漢造) 刊，出版

例 朝刊(ちょうかん)と夕刊(ゆうかん)を取(と)る。

譯 訂早報跟晚報。

03 | かん【巻】

(名·漢造) 卷，書冊；(書畫的)手卷；卷曲

例 上(じょう)、中(ちゅう)、下(げ)、全三巻(ぜんさんかん)ある。

譯 有上中下共三冊。

04 | ごう【号】

(名·漢造) (雜誌刊物等)期號；(學者等)別名

例 雑誌(ざっし)の一月号(いちがつごう)を買(か)う。

譯 買一月號的雜誌。

05 | し【紙】

(漢造) 報紙的簡稱；紙；文件，刊物

例 表紙(ひょうし)を作(つく)る。

譯 製作封面。

06 | しゅう【集】

(名·漢造) (詩歌等的)集；聚集

例 作品(さくひん)を全集(ぜんしゅう)にまとめる。

譯 把作品編輯成全集。

07 | じょう【状】

(名·漢造) (文)書面，信件；情形，狀況

例 推薦状(すいせんじょう)のおかげで就職(しゅうしょく)が決(き)まった。

譯 承蒙推薦信找到工作了。

08 | しょうせつ【小説】

(名) 小說

例 恋愛小説(れんあいしょうせつ)を読(よ)むのが好(す)きです。

譯 我喜歡看言情小說。

09 | しょもつ【書物】

(名) (文)書，書籍，圖書

例 書物を読む。
譯 閱讀書籍。

10 | しょるい【書類】

名 文書，公文，文件
例 書類を送る。
譯 寄送文件。

11 | だい【題】

名・自サ・漢造 題目，標題；問題；題辭
例 作品に題をつける。
譯 給作品題上名。

12 | タイトル【title】

名 （文章的）題目，（著述的）標題；稱號，職稱
例 タイトルを決める。
譯 決定名稱。

13 | だいめい【題名】

名 （圖書、詩文、戲劇、電影等的）標題，題名
例 題名をつける。
譯 題名。

14 | ちょう【帳】

漢造 帳幕；帳本
例 銀行の預金通帳と印鑑を盗まれた。
譯 銀行存摺及印章被偷了。

15 | データ【data】

名 論據，論證的事實；材料，資料；數據
例 データを集める。
譯 收集情報。

16 | テーマ【theme】

名 （作品的）中心思想，主題；（論文、演說的）題目，課題
例 研究のテーマを考える。
譯 思考研究題目。

17 | としょ【図書】

名 圖書
例 読みたい図書が見つかった。
譯 找到想看的書。

18 | パンフレット【pamphlet】

名 小冊子
例 詳しいパンフレットをダウンロードできる。
譯 可以下載詳細的小冊子。

19 | びら

名 （宣傳、廣告用的）傳單
例 ビラをまく。
譯 發傳單。

20 | へん【編】

名・漢造 編，編輯；（詩的）卷
例 前編と後編に分ける。
譯 分為前篇跟後篇。

21 | めくる【捲る】

他五 翻，翻開；揭開，掀開
例 雑誌をめくる。
譯 翻閱雜誌。

日檢智庫 28

絕對合格！新制日檢
情境分類 必勝單字

N3

[25K+MP3]

- 發行人／**林德勝**

- 著者／**吉松由美、田中陽子、西村惠子、千田晴夫、 山田社日檢題庫小組**

- 出版發行／**山田社文化事業有限公司**
  地址　臺北市大安區安和路一段112巷17號7樓
  電話　02-2755-7622　02-2755-7628
  傳真　02-2700-1887

- 郵政劃撥／**19867160號　大原文化事業有限公司**

- 總經銷／**聯合發行股份有限公司**
  地址　新北市新店區寶橋路235巷6弄6號2樓
  電話　02-2917-8022
  傳真　02-2915-6275

- 印刷／**上鎰數位科技印刷有限公司**

- 法律顧問／**林長振法律事務所　林長振律師**

- 書+MP3／**定價　新台幣 349 元**

- 初版／**2019年 06 月**